जंग जारी है
और
अन्य कहानियाँ

देवी नागरानी

ISBN: 978-0-9997387-1-9

First Edition : 2018
eKalpana Kitab Prakashan in 2018

eKalpana Kitab Prakashan
ekalpanakitab@gmail.com
http://ekalpana.net/kitab

कल, आज और कल की नारी को

जो संघर्ष की सीमाओं पर

अपने होने का ऐलान करती है

- देवी नागरानी

कहानी अनुक्रम

मन के गांठें खोलती कहानियाँ

साहित्य का विशाल विस्तार लेखन की हर कला, गद्य हो या पद्य, सभी को एक क्षितिज देता है. कल्पना के आधार पर मन में पनपते भावों को आकार देकर शब्दों में संवारना भी एक कला है. पर हर कला कुछ नियमों, कुछ मर्यादाओं पर टिकी रहती है. निराधार कुछ भी नहीं. फिर उसका स्वरूप चाहे जो भी हो, डायरी के पन्ने हों या आत्मकथा, संस्मरण हो या स्मरण, नॉवल हो या कहानी.

कहानी लिखने के लिए किसी भी बड़े कांड या वारदात का होना ज़रूरी नहीं. किसी भी स्वरूप को शिल्प और सौंदर्य के तराज़ू में तोलकर, एक नकशद के नज़रिये से देखा, परखा जाए तो सभी को अपने आसपास हो रही दिनचर्या में इन सिलसिलेवार घटनाओं का विवरण मिलेगा. यही कहानी का आगाज़ है.

संग्रह में शामिल ये कहानियाँ मेरी अपनी अनुभूति की पेशकश हैं. एक कहानी दूसरे को और दूसरी तीसरी को जन्म देती है. कुछ कल्पना कुछ हकीकत की नींव पर खड़ी ये कथाएँ हमारे ही घर-परिवेश की झाँकियाँ हैं. बस अपने आसपास देखी, सुनी, महसूस की हुई अनुभूतियों को शब्दों में आकार देकर कल्पना और यथार्थ की आधारशिला पर खड़ा किया है. कुल मिलाकर ये कहानियाँ मानसिक द्वंद्व की उपज हैं, जहाँ हर पात्र अपनी परिधि में संघर्षमय रहता है.

कई कहानियाँ आम इंसान की बाहर और भीतर की कशमकश है, जो उनके अनुभव-क्षेत्र के वैविध्य और विस्तार में शामिल रहती है. कहीं घर-गृहस्थी की संघर्षमय स्थिति (दीवार हिल गई), कहीं जात-पात, रीति-रस्मों के अंतर्द्वंद्व व भेदभाव की समस्याओं और समाधानों की एक पेशकश है (पैबंद), और तो और पुराने मूल्यों के प्रति आस्था की अभिव्यक्ति, जीवन की प्रौढ़ अवस्था के अंतिम चरण की दुविधाजनक स्थितियों के उल्लेख भी हैं. परिवेश में अपनी पारिवारिक, सामाजिक व साहित्यिक परिधियों में रहते हुए निबाह व निर्वाह की कशमकश के दौर से गुज़रते हुए समाज के निरंकुश शासन में कुचले हुए (नई माँ), प्रताड़ित तबकों पर, कहीं सियासी तनाव के जाल की उलझनों में धँसते हुए हालातों पर (गुलशन कौर), तो कभी स्वार्थ के बेरहम शिकंजों में फँसी ज़िन्दगी का चित्रण किया है (जियो और जीने दो), जो मानवता के हृदय को आज भी छलनी कर जाता है. उन स्थितियों व परिस्थितियों को उनकी पूरी मनोवैज्ञानिकता और यथार्थता में उभारने की एक कोशिश है, जहाँ अभिव्यक्त किए हुए अनुभव सच के ठोस मुवाद के साथ-साथ कल्पना से भी जुड़े हुए हैं.

इनमें स्त्री मुख्य पात्र है. नारी का विकास घर आँगन का विकास है, और यही सृष्टि का विकास भी. पराधीनता की परछाइयों से निकलकर स्वतंत्रता की खुली हवाओं में मुक्त रूप से साँस लेने का अधिकार सभी को है. बावजूद इसके समय का कालचक्र क्या कुछ नहीं दिखाता, यही इन कहानियों में समाया हुआ है.

एक तरह से यह जगबीती से आपबीती तक का सफर है. समाज में रहते हुए हम कुछ सुनी-सुनाई, कुछ आँखन देखी, कुछ भोगी हुई, जी हुई सच्चाइयों से परिचित होते हैं. जब 'मैं' का किरदार कुछ कहता है, सुनता-सुनाता है तो वह उस 'मैं' की आपबीती नहीं. बस अभिव्यक्ति में पात्र बनकर जगबीती को आपबीती तक का सफर करते हुए लेखक कथानक के अनुसार किरदारों को अपने विचारों की रौ

में बहने देता है. वैसे भी जगबीती और आपबीती में ज्यादा फर्क नहीं. जब कभी भी जगबीती की संवेदना सामने आती है तो कहीं न कहीं उसमें आपबीती का अंश समाया हुआ होता है. वैसे भी लेखक अपने परिवेश और सामाजिक परिधि से कहाँ पृथक है?

नयी माँ : कहानी में गरीबी-अमीरी का बेजोड़ मेल है. यहाँ नारी के रूप में माँ, परिणीता, बेटी का चरित्र उभर आया है. एक बेटे की आस में अपनी बेटी से छोटी उम्र की कन्या को पत्नी का दर्जा देना किसी भी कोण से न्यायसंगत नहीं लगता. औरत की त्रासदी को उकेरती एक सुलझी सोच की किरदार की कहानी है यह.

ऐसा भी होता है : यह 1959 में बीती बात है, कॉलेज के दिनों में हैदराबाद दक्षिण में रहते मेरी सहेली का विवाह कुछ इसी तरह से अपने मामा के साथ हुआ. माँ और बेटी दोनों समधिन बन गईं. रीति रस्मों की परिभाषा से बुनी यह कहानी कुछ कल्पना के परों पर तो कुछ यथार्थ के धरातल पर खड़ी है.

अपनी मात्र भाषा अरबी सिंधी से ये कहानियाँ अनुवाद करते हुए हिंदी पाठकों के सन्मुख लाने की कोशिश की है. अलग-अलग सोच, कथानक, पात्र एवं घटनाओं का विवरण, किरदारों के मन की घुटन कहीं न कहीं पाठक को अपनी बात ज़रूर लगेगी.

अंत के पहले मैं ई-कल्पना किताब प्रकाशन की निदेशिका डॉ. मुक्ता सिंह-ज़ौक्की जी का तहे दिल से शुक्रिया अता करती हूँ, जिन्होंने मेरे नारी मन की गाठों को आपके सामने खोलने के प्रयास में इस संग्रह की प्रस्तुति की है.

अंत में मुझे अपने पाठकगणों की प्रतिक्रिया का इंतज़ार है जो मेरे लेखन के लिए एक नया आगाज़ बन जाता है.

आपकी अपनी, देवी नागरानी

दीवार हिल गई

घंटी फिर बजी. सोचा उठकर दरवाज़ा खोलूँ, पर शरीर की दुर्बलता आड़े आई. उठने की असफल कोशिश की, फिर लेट गई. तीन दिन से बुखार कुछ यूँ चढ़ा है कि उतरने का नाम ही नहीं ले रहा. घर के जितने दवा दारू के नुस्खे थे, बदल-बदल कर आजमाए, पर कुछ फायदा नहीं हुआ. सभी बेकार सिद्ध हुए. मुंह का ज़ायका भी बदल गया है. दिन में दो बार चाय में डबल रोटी डुबा कर खाती, और फिर दवा ले लेती. पीड़ा से शरीर बेजान सा हुआ जा रहा है. सोच में हूँ कि कितने दिन इस तरह पड़ी रहूंगी. कार्यालय में सन्देश भेज दिया है. पर तीन दिन बहुत होते हैं. नए काम पर न जाने के ये बहाने ज़्यादा दिन नहीं चलते. जब नौकरी ही अस्थाई हो, तो ऐन समय पर वे काम से निकाल कर किसी और को रख सकते हैं, जैसे मुझे किसी के स्थान की भरपाई के लिए रखा. मैं भी उस रिक्तता को पूरा करने के लिए तीन महीने से उनकी मुलाज़िम हूँ.

पहले पंद्रह दिन नया काम सीखते समय खुशहाली से गुज़र गए, पर अब यह विडंबना सामने आई है. एक तपती दोपहर, जैसे ही मैं घर पहुंची, तार मिला. लिखा था - 'चार दिन पहले राम गुजर गए, शिष्टाचार के नाते अगर आना चाहें तो बेशक आ जाएँ.'

- अभिनव

दुविधाजनक विडम्बना थी. जीते जी तो मन में एक आस थी कि राम है तो मैं हूँ, फिर चाहे मैं उनसे कितनी ही दूर क्यों न रहूँ. अब किस संबंध से उस घर

जाऊं? उनके जीते जी नाता टूटा था, अब वे हर बंधन तोड़कर मुझे मुक्त कर गए. पुराने उचित-अनुचित संबंधों की हर सीमा रेखा से मुक्त!

मुक्ति की चाह तब होती है, जब बंधन के शिंकजे कसने लगें. मगर वह स्थिति तो चार साल पहले ही मुक्ति का साधन बन गई, जब मैंने अपनी मर्ज़ी से घर का त्याग दिया. एक चार दीवारी से निकल कर दूसरी में पनाह पाई. जब रिश्तों के बीच अविश्वास की दीवार आ जाये, तब पास होने, न होने का कोई मतलब बाकी नहीं रहता. दिखावा छलावा बन जाता है. मैंने अपनी इच्छा से घर को त्याग दिया, रिश्तों की बेड़ियाँ तोड़ दीं.

उस गांव में जहां मैं शादी करके राम बजाज की जीवन-संगिनी बन कर आई, वहां रिश्तों में सच्चाई थी, सादगी और स्नेह था. दिखावा नाम मात्र न था. कच्चे घर थे पर अपनाइयत के पक्के नाते थे. सभी के मन खुशियों की दौलत से मालामाल थे. ऐसे में चोट एक इंसान को लगती, दर्द दूसरे को होता. हरेक का दुःख दर्द दूसरे को अपना लगता. सब एक दूसरे के साथी, सभी एक परिवार के सदस्य, एक छत के तले गुज़र करते. मैंने खुद को बहुत खुशनसीब समझा, और पूरी तरह से अपने आप को उस घर, घर के लोगों के बीच घुल मिलकर रहने की हर संभव कोशिश की. राम और उसके परिवार के अन्य सदस्यों के काम के भार को अपने जवान कंधों पर ढोने लग गई, जो उन सभी को बहुत रास आया.

शादी के बाद के छः आठ महीने यूँ गुज़रे जैसे आठ दिन. मेरी सास भी मुझे अपनी बेटी की तरह बेपनाह प्यार और स्नेह करतीं. मेरी किसी भी गलती पर कभी नाराज़ न होकर प्यार और समझदारी से समझाती. ससुर कई साल पहले प्रभु को प्यारे हो गए थे. राम के बड़े भाई अमर बजाज और उनकी पत्नी

शकुंतला, अपने दो बच्चों के साथ पास ही एक किराए के मकान में रहते थे. परिवार के सभी सदस्य रात को खाने के बाद एक घर के आँगन में मिलते, खुलकर बातचीत करते, सलाह मशवरा करते और एक दूजे की राय अनुसार मिलजुलकर हर निर्णय लेते. कोई भी बात किसी से छुपी न रहती, इस बात ने मुझे सबसे ज्यादा मुतासिर किया.

राम की बड़ी बहन मीरा, पड़ोस के गांव में व्याही गई थी, उम्र में राम से बीस साल बड़ी थी. मेरी शादी पर अपने दोनों बच्चों, अभिनव और आराधना को साथ ले आई, तभी उनसे मिलना हुआ था.

अभिनव, उम्र बीस साल, सुंदर सुघड़ नौजवान. चेहरे पर हमेशा गजब का ताब और आंखों में एक सलोनी लुभावनी मुस्कान लिए रहता. उसकी बहन आराधना, उम्र पंद्रह साल, हूबहू माँ पर गई थी. सुनने में आया कि जब १८ साल की उम्र में मीरा की शादी हुई, तब वह उस जैसी ही लगती थी. अब कुछ मोटी और बेडोल सी हो गई थी. यह है हमारी छोटी सी पारिवारिक संस्था के मिलनसार सानंद सदस्य जो अपनेपन की परिभाषा जानते थे.

शादी के कई साल बाद मीरा को कैंसर की निगोड़ी बीमारी ने घेर लिया. बहुत भागमभाग करके उसने आराधना के हाथ पीले कर दिए. कन्या जाकर अपने ससुराल में बस गई, यही सोचकर मीरा निश्चिंत सी हो गई. बाकी रहा अभिनव. मीरा को पता था, वह बचने वाली नहीं, इसीलिए अपनी माँ और भाई-भाभियों को उसकी जिम्मेवारी के लिए प्रार्थना करते हुए अभिनव का हाथ उनके हाथ में सुपुर्द कर दिया. कुछ दिन जिंदगी के बिताकर वह दुनिया को अलविदा कह गयी. चंद महीनों के बाद सास भी बेटी के ग़म में चल बसी.

अमर और शकुंतला ने अपने दो बच्चों का बहाना देकर अभिनव को हमारे साथ रहने का फैसला सुनाया. हमने भी अपनेपन की मर्यादा का मान रखते हुए इस

जवाबदारी को कबूल कर लिया और बिना किसी खींचातानी खुशी-खुशी हम अपने-अपने घरों में रहने लगे. वक्त सुख शांति से कट रहा था. घर संसार, व्यापार सबकुछ. रात को काम से लौटने पर राम, अभिनव और मैं साथ खाना खाते. पूरे दिन की खबरचार एक दूसरे को देते, हंसी खुशी अपने सपनों को साथ लेकर सो जाते. हमारे दो कमरे थे. एक भीतर वाला कमरा और दूसरी बैठक जैसी औताक. अभिनव को औताक में ही सोना पड़ता था.

एक रात ऐसी आई जो मेरे जीवन की अमावस साथ ले आई. रात को 1:30 बजे, अभिनव ने आहिस्ते से आकर मुझे जगाया, 'मामी मेरे सर में बेहद दर्द है, ऐसे जैसे सर फट रहा है. कुछ दवा दीजिए या मेरा सर दबा दें.' मैं जल्दी से उठकर औताक में आई, सर दर्द की गोली उसे दी और बाम लेकर उसकी खटिया पर बैठकर उसके माथे को दबाने लगी. उसी समय राम अंदर चला आया और मेरे सामने खड़ा हो गया. एक रात का समय, दूसरा शांत वातावरण. राम को देख कर मैं खुद भी घबरा गयी. सच बताकर मैं उठ खड़ी हुई और कमरे की ओर जाने लगी तो राम की आवाज़ ने पैर बाँध लिए.

'तुम वही करो जो कर रही थी. बाद में आ जाना.' राम के आवाज़ और व्यवहार में नाराज़गी के साथ बेगानगी की झलक बरपा थी. मैं यह सोच कर परेशान थी, कि राम आजकल की नई रोशनी का पढ़ा-लिखा होकर इतना तंग दिल और शक़ी कैसे हो सकता है? अभिनव भी अपने जगह पशेमान रहा, यही सोच कर खामोश रहा कि कुछ कहने पर बात का बतंगड़ न बन जाय. शायद कुछ दिनों में बात सामान्य बन जाए. पर ऐसा नहीं हुआ. जैसे- जैसे दिन गुज़रने लगे मुझे महसूस होने लगा कि शक का पारा सर चढ़ कर बोल रहा है. मुझे घबराहट के साथ बेचैनी ने घेर लिया, कई बार अभिनव को लेकर हमारे बीच तू-तू, मैं-मैं होने लगी. राम का शक बढ़ता रहा, जीवन नरक सा लगने लगा, ज़िंदगी जैसे ज़हर हो

गई. तीनों के मुंह पर ताले लग गए. इससे पहले कि जीना दुश्वार हो जाए, मैंने बिना किसी को बताये घुटन भरे माहौल से निकलकर पास के दूसरे छोटे गांव में नए सिरे से नारीशाला में शरण लेकर वही बस जाने का प्रबंध कर लिया. पर जाते-जाते अभिनव को पता दे दिया.

अभी चार माह मुश्किल से गुजरे थे कि अभिनव ने लिखा - 'मामी राम को खून में केंसर हो गई है, पर वह न तो दवा लेना चाहता है और न ही आपसे मिलने का ख्वाइशमंद है.' आगे और लिखा - 'मेरे कारण आज तुम वहां बनवास भोग रही हो, और इधर मामा भी बहुत दुखी है. पीड़ादायक दिन गुज़ार रहे हैं. तुम्हारे ज़िक्र पर ज़्यादा खफा हो जाते हैं और वहां से उठकर चले जाते हैं. सूरते हाल यह बनी है कि न तो मैं कुछ कर सकता हूँ और न तुम. पर मैं खुद को गुनहगार ज़रूर समझता रहता हूँ. न जाने क्यों आपके सुखी संसार में मेरा क़दम नामुनासिब साबित हुआ है. आप घर होते हुए भी बेघर हो गईं ... और बस खैरख्वाही है - अभिनव!'

तार हाथ में, और हाथ की हालत ऐसी कि उस कागज़ को पकड़ना भी मुश्किल हो रहा था. मैं गणित जोड़ने लगी, आज राम को गुजरे छठा दिन हुआ. चार दिन के बाद उन्हें मेरी याद आई. दर्शन का समय तो निकल गया. मेरे सिवाय सब कुछ हो गया है, अब क्या उस घर की उजड़ी दीवारें जाकर देखूं? और फिर नए सिरे से गांव वालों को इस रिश्ते पर कीचड़ उछालने की वजह बनूँ. जो अपना था वही अपने नज़रिए से परख बैठा, अब उसके न होने पर किसी भी बात का कोई भी मतलब न रहा. सब बेकार! सभी बंधन टूट गए.

राम तो जैसे सभी जंजालों से मुक्त हो गया, जीते जी मोह के सभी नाते तोड़ गया था. उसके जीवन के साथ सब कुछ समाप्त सा हो गया. सोचते हुए थके हारे

क़दमों से मैं खाट पर जाकर बैठी. लगा कुछ तन से निकल गया है ... मैं इसी हालत में बेसुध सी दो दिन यूं ही पड़ी रही.

मन से बीमार, तन से अस्वस्थ ... निढाल ...

और तीसरे दिन सूरज की रौशनी के साथ उठी, हाथ में चाय ली, दो घूँट पिये कि दरवाजे की घंटी बजी. प्याली वहीं रखकर दरवाज़ा खोलने के लिए बढ़ी तो घंटी दुबारा बजी और फिर निरंतर बजती रही. बड़ी मुश्किल से आकर दरवाज़ा खोला तो पोस्टमैन ने एक तार हाथ में थमा दी.

यह दूसरा तार था, सन्देश वही था दुखद ... 'अभिनव कल दिन को अचानक गुजर गया ... उसे ब्रेन ट्यूमर था ... अमर बजाज!'

यह क्या से क्या हो गया? कोई किसी का नहीं रहा. दीवार की एक ईंट क्या गिरी कि पूरी की पूरी दीवार हिल गयी. आंखों के आगे धुंध छा गया, शरीर बेजान सा होकर खुद को न संभाल पाने की अवस्था में बेसुध होकर ज़मीन पर गिर पड़ा.

अंतिम निर्णय

चलती हुई गाड़ी की धड़-धड़ाधड़-धड़ आवाज़ों में उसके दिल का शोर भी शामिल था. गुमसुम सी बैठी वह अपनी सीट पर कई घंटों से लेटे-लेटे अपने जीवन-यात्रा के बीते हुए कल के कुछ पल आज के साथ जोड़ती रही. चालीस साल पहले चेन्नई में अपने ससुराल के घर में प्रवेश करते हुए जिस घर-आँगन की नींव उसने अपने पति के साथ रखी थी, आज वह अपने उसी घर में लौट रही थी. इस बात का उसे आभास ही नहीं, यक़ीन हो गया कि जीवन काल-चक्र बदले बिना नहीं रह सकता. वक़्त के दायरे में परिवर्तन गतिशील होकर आदमी के साथ, उसके आस पास की स्थितियों के साथ तालमेल रखते हुए न जाने कब नियति बन जाता है. उगते हुए सूरज को देखने के बाद ढलते हुए सूरज को नमस्कार न करना अपनी ही नादानी है, इसी काल चक्र में उजाला अंधेरे को दूर भगाता है, ग़म खुशी के सामने टिक नहीं पाता, और खुशी की शहनाइयाँ ग़मों को अपने पास ज़्यादा फटकने नहीं देती. अपने अतीत की ओर जाते हुए उसे याद आया कि उस आँगन में बहारें आईं थीं, फूल खिलकर महके थे, पर महक भँवरे भी चुरा ले जाते हैं कभी -कभी नहीं! उसने अपनी सोच को ब्रेक लगाई. हाँ राधा अब और आगे सोचने से कतराने लगी.

सामने बर्थ पर मुसाफ़िर कुछ जागे हुए थे, कुछ बैठे हुए और कुछ हाथ-मुंह धोकर अपनी सीटों पर विराजमान होते रहे. वह भी उठी, अपनी चादर समेटी और खिड़की के साथ सटकर बैठ गयी. पिछले चार सालों से वह एक अजीब

सिमटाव के दायरे में धँसती जा रही थी, ऐसे जैसे कोई पुराना जहाज़ बेखबरी में चट्टान से टकराकर वहीं साहिल के आस-पास रेत में ही धंस गया हो. उसे यूं लगने लगा जैसे उसके लबों पर हंसी के स्थान पर संजीदा मौन आन बिराजा था. सुबह का उजलापन, सूर्य की शीतल किरणों से और रौशन हुआ. उस शफाक़ सवेरे के समय गाड़ी किसी स्टेशन पर रुक गयी. कुछ मुसाफिर उतरे, कुछ आगे जाने के लिए चढ़े. 'चाय-चाय' की आवाज़ों के साथ जवान लड़के हाथों में कप और चाय की केतली लेकर यहाँ से वहाँ लोगों को अपनी आवाज़ों से उठाने के प्रयास में गाड़ी के भीतर दाख़िल हो रहे थे. ऐसे में कोई चैन से कहाँ बैठ सकता है? बस परेशानी को भगाने के लिए हाथों में चाय लेकर लोग चुसकियाँ भरने लगे, कुछ अख़बार के पन्नों को पलटने के प्रयास में अच्छा ख़ासा शोर बढ़ा रहे थे. उसने भी एक प्याली चाय लेकर रात भर का अनशन व्रत तोड़ा! गाड़ी धीरे-धीरे मंज़िल की ओर सरकने लगी.

'आप कहाँ जा रही हैं बहन?' एक सभ्य आवाज़ ने उसके मौन चक्रव्यूह में दख़ल दिया. अब वह सामने बैठे एक सभ्य दंपति से मुखातिब हुई.

'जी चेन्नई, और आप?' राधा ने तत्पर कहा.

'हम भी वहीं रहते हैं और दो वर्ष के बाद अपने घर जा रहे हैं.' मर्द ने जवाब देने में पहल की.

'कहाँ से आ रहे हैं आप?' राधा ने औरत की ओर अपनी सवाली नज़रें फेरीं.

'जी सिडनी से आ रहे हैं, दिल्ली से होते हुए अब चेन्नई जा रहे हैं, और आप?' औरत ने प्रत्युतर में सवाल की कड़ी जोड़ते हुए प्रश्न भरी दृष्टी से राधा की ओर देखा. अब सवाल-जवाब का सिलसिला मुसलसल बनता जा रहा था.

'जी मैं सैनफ्रान्सिस्को से तीन साल बाद अपने घर लौट रही हूँ.' कहते हुए राधा ख़ुद को संभालती हुई खिड़की के बाहर देखने लगी. अपने भीतर और बाहर के शोर में वह न जाने कहाँ खो गई.

वह भी तो इन बीते बरसों के बाद उस छोटी सी हवेली के आँगन में पैर रखेगी जहां उसने ज़िंदगी शुरू की थी. एक मृदुल अहसास उसे छू गया. वह बीस बरस की थी जब उसका विवाह राकेश खन्ना से हुआ, वही राकेश जो उसके माथे की बिंदी को लेकर अक्सर उसे रश्क भरे स्वर में छेड़ते हुए उसके सौंदर्य में खो जाता. कभी तो उसकी आँखों की गहराइयों में जाने क्या खोजने का प्रयास करता, और राधा उस पल को अपने जीवन की प्यार भरी सौग़ात मानकर अपने दिल में सँजोये रखती. उन्हीं याद की वादियों से गुज़रना आज उसे अज़ाब सा लगा. अपने हिस्से का सुख वह बहुत पीछे छोड़ आई थी, अब पेचीदा राहों से गुज़रते हुए पहले उसे कड़वाहट का ज़ाइका लेना पड़ा, फिर उस जहर को पीना भी पड़ा. अब वह नीलकंठ बन गई है!

'वहाँ मैं अपने बच्चों से मिलने गई थी ... और आप?' कहकर राधा फिर मौन के कोहरे में गुम हो गई.

'ओह बहन यह मत पूछें.' कहकर पुरुष ने ठंडी सांस ली.

'आप भी किन बातों को ले बैठे?' अपने पति की ओर देखते हुए पत्नी स्नेही नरमी से उनके घुटने सहलाने लगी.

'क्या आपके परिवार के सदस्य भी वहाँ सिडनी में है?' अब राधा ने अपने बचाव के लिए सवालों का सहारा लेना बेहतर समझा. वैसे भी बातों के दौरान मन में जमी हुई दर्द की परतें खुलने लगी, एक के बाद एक - सिलसिलेवार !

'जी मेरे दोनों बच्चे, बेटा और बेटी वहीं बस गए हैं, दोनों शादी-शुदा है, बाल बच्चे है ...' कहते हुए मर्द ने लम्बी सांस ली.

'ओह!' चाहे-अनचाहे जाने क्यों राधा के मुंह से निकला.

सामने बैठे दंपति के साथ अजनबीपन का रिश्ता ही सही, पर जुड़ा ज़रूर था, और अब वार्तालाप से धीरे-धीरे अजनबीपन की गांठें खुलनी शुरू हुईं. अपनत्व की आंच से मन की तहों में जमी हुई दुख की परतें पिघलने लगीं. दुख भी क्या अजब अहसास है, अपनी ही दर्द की आंच में बर्फ़ की तरह पिघल जाता है. राधा की आँखें पुरनम थीं. घने कोहरे से घिरे हुए अपने 'कल' से वह इतनी आसानी से 'आज' में नहीं आ पा रही थी. वह अपने कल में फिर खो गई.

'नहीं माँ आप हमेशा मेरे पास नहीं रह सकती है, हमें भी कुछ आज़ादी चाहिए, आप छः महीने विनोद भैया के पास और छः महीने मेरे पास रह सकती हैं, यही हम सब के लिए ठीक होगा!'- कहकर अनमोल ऑफिस चला गया और कुछ ही देर में उसकी पत्नी विभा भी ऑफिस जाने के लिए तैयार होकर आई.

'माँ मैं जा रही हूँ,' कहकर वह दरवाज़े के बाहर निकल गई. बस घर की चारदीवारी के सन्नाटे से घिरी रह गई राधा और दो साल की मासूम 'रचना' जो दादी की उंगली थामे साथ खड़ी रही और उसकी आँखों में झाँकती रही. शायद ज़िंदगी को पहचानने का उसका यह पहला प्रयास था.

और उसी शाम राधा ने अपने बिखरे अस्तित्व को समेटते हुए एक कठोर निर्णय लिया. शाम के समय पहले विभा लौट आई और फिर अनमोल, तीनों ने चाय के मौन घूंट पिये. रचना झूले में सो रही थी. राधा ने अनमोल की ओर देखते हुए कहा

– 'अनमोल, मैंने तय किया है कि अब मैं यहाँ, कहीं भी किसी के पास नहीं रहूँगी, अपने घर चेन्नई जाना चाहती हूँ, मेरे जाने का प्रबंध कर दो तो बेहतर होगा.'
माँ की कठोर आवाज़ में सुनाया गया वह निर्णय अनमोल को किसी हद तक हिला गया. यह सब उसका किया धरा ही था जिसका नतीजा माँ का 'निर्णय' बनकर सामने आया था. मन ही मन में वह चट्टान से मोम बन गया.
'माँ मेरे कहने का यह मतलब नहीं था, मैं चाह रहा था कि विनोद भैया भी कुछ जवाबदारी लें '
'अनमोल, तुमने जो भी कहा वह अपनी जगह ठीक है. पर मैं यह कभी बर्दाश्त नहीं कर पाऊंगी कि किसी दिन विनोद भी मेरे सामने ऐसी ही कोई अवस्था खड़ी करे और मैं फिर से निराधार हो जाऊँ. अब मैंने फ़ैसला कर लिया है कि मैं अपने घर लौटूँगी और वहीं रहूँगी, तुम अपने बच्चों के साथ खुश रहो यही मेरी शुभकामना है.'

गाड़ी की रफ़्तार के साथ राधा की सोच की रफ़्तार भी बढ़ती रही, और बीते सालों के नितांत तन्हा सफ़र की लंबी यादें उसके आस-पास मंडराने लगी. जब उसके पति का देहांत हुआ तब पिता के निधन पर श्रद्धांजली देने बड़ा बेटा विनोद आया, छोटा अनमोल न आ पाया. बारह दिन रहा और बारंबार माँ को घर बेचकर, उनके साथ परदेस में बस जाने की सलाह देता रहा.
'माँ आपका अब यहाँ अकेला रहना उचित नहीं, वहाँ आपके दो घर है, बहुओं और पोते-पोतियों के बीच आपका मन रम जाएगा'. और जाते-जाते वह कहता गया, 'मैं क्रिसमस की छुटियों में रिती और आपके पोते के साथ आऊंगा और

लौटते समय आपको अपने साथ ले जाऊंगा. तब तक आप भी इस बात पर गौर करें और तय कर लें कि आपको क्या करना है.'

राधा सुनती रही, उसका मन लहूलुहान होता रहा, मगर किसी भी बात का विरोध न कर पाई. कुछ महीनों बाद जब छोटा बेटा अनमोल अपनी पत्नी विभा के साथ आया, तब अनेक तक़ाज़ों के बाद वह उनके साथ अपनी पहली विदेश यात्रा पर जाने के लिए राज़ी हुई, लेकिन घर को बेचने वाली बात पर कतई सहमत नहीं हुई. जाने ज़िंदगी की धूप में किस मोड़ पर उसे अपने घर की छाँव की ज़रूरत पड़े, यही सोचते हुए वह बेटों की दी हुई किसी भी राय से हमराय न हो सकी. सवाल जवाबों की तलब में थक हार गए. सौ सवालों का एक जवाब मिला - ख़ामोशी! यह बात सभी के दिलों में एक ख़लिश बन कर बस गई. उसके विदेश जाने के बाद उस मकान की रखवाली सिर्फ़ एक ताला करता रहा, जिसकी चाबी राधा ने अपने पास सँभाल कर रख ली. सोचों के गलियारे से बाहर झाँकते हुए राधा की आँखें जब सामने दंपति से मिली, तो आँखों की नमी बहुत कुछ अनकहा कह गई.

'मेरा नाम रामेश्वर है, और मेरी पत्नी का नाम करुणा है, आप हमें नाम से बुला सकती हैं बहन,' कहते हुए पुरुष ने अपनाइयत का एक और नाता जोड़ते हुए कहा - 'बहन हम अपने बच्चों को न छोड़ पाये, इसलिए अपना घर आँगन छोड़कर उनकी धरोहर बन गए. पर अब बच्चों ने हमें छोड़ दिया है.'

आगे न वे कुछ कह पाए, न राधा कुछ सुन पाई. दिल में दफ्न हर ज़ख्म का हिसाब-किताब तो हम नहीं रख पाते, पर उन के घायल अहसासों की आहट को शिराओं में तड़पता हुआ ज़रूर महसूस करते हैं.

'भाई साहब, मैं भी कुछ ऐसा ही निर्णय लेकर अपने घर लौट रही हूँ. हमने बच्चों को पाला, हमारा फर्ज़ था, अगर बच्चे हमें नहीं पाल सकते तो यही सही, भगवान उन्हें खुश रखे.' कहते हुए राधा ने आँखों में उमड़ आए तमाम आंसू साड़ी के पलू से सोख लिए.

'ओह तो आप भी बेदर्द वक़्त की चोट खाकर लौट रही हैं,' कहते हुए करुणा ने पहली बार जमी हुई दर्द की परतों तो तोड़ने का प्रयास किया.

'क्या मतलब?' राधा की आँखों में एक मौन सवाल था.

'बहन बुरा मत मानना, हम भी आपकी तरह दोनों बच्चों के बेमर्म बेबाकियों भरे व्याहवार से खुद को आज़ाद करा आए हैं, अब अपनी पुरानी दुनिया में लौटना चाहते हैं. उन्होनें हमें तज दिया, इसलिए कि हम चेन्नई का वह पुश्तैनी मकान उनकी चाहत अनुसार बेच नहीं पाये. और शायद यह भी हमारे लिए एक छुपा हुआ वरदान बन गया, वर्ना आज हम बेऔलाद तो हुए हैं, बेघर भी हो जाते.' कह कर पुरुषोतम जी सामान समेटने लगे. शायद स्टेशन क़रीब थी.

सफ़र कब समाप्त हुआ उनमें से किसी को पता नहीं पड़ा, पर मंज़िल सामने थी उन्होने इतना ज़रूर जाना. पुरुषोतम जी और उनकी पत्नी करुणा सामान सहित नीचे उतरे और फिर दोनों ने राधा का सामान उतारने में उसकी मदद की. एक दूसरे से विदा लेकर मुसाफ़िर अपनी-अपनी दिशा में आगे और आगे बढ़ते रहे, अंधेर को पीछे छोड़ते हुए जीवन पथ पर एक नया सफ़र शुरू करने के लिए.

ऐसा भी होता है

कहाँ गई होगी वह? यूं तो पहले कभी नहीं हुआ कि वह निर्धारित समय पर घर न लौटी हो. अगर कभी कोई कारण बन भी जाता तो वह फ़ोन ज़रूर कर देती है. मेरी चिंता की उसे चिंता है, बहुत है. लेकिन आज उसकी चिंता की बेचैनी मुझे यूं घेरे हुए है, कि मेरे पाँव न घर के भीतर टिक पा रहे हैं और न घर के बाहर क़दम रख पाने में सफ़ल हो रहे हैं. कहाँ जाऊँ, किससे पूछूँ? जब कुछ न सूझा तो फोन किया, पूछने के पहले प्रयास में असफ़लता मिली क्योंकि उस तरफ़ कोई फोन ही नहीं उठा रहा था, निरंतर घंटियाँ बजती रहीं, ऐसे जैसे घर में बहरों का निवास हो. जी हाँ, मेरी समधन के घर की बात कर रही हूँ!

अब तो कई घंटे हो गए हैं, रात आठ बजे तक लौट आती है, अब दस बज रहे हैं. बस उस मौन-सी घड़ी की ओर देखती हूँ, तकती हूँ, घूरती हूँ, पर उसे भी क्या पता कि जीवन अहसासों का नाम है? अहसास क्या होता है? व्यथा क्या होती है? इंतज़ार क्या होता है? इन सभी भावनाओं से नावाकिफ!

और अचानक दिल की धड़कन तेज़ हो गई. फ़ोन की घंटी ही बज रही थी. हड़बड़ाहट में उठाने की कोशिश में बंद करने का बटन दब गया और बिचारा फ़ोन अपनी समूची आवाज़ समेटकर चुप हो गया. मैंने अपना माथा पीट लिया. आवाज़ तो सुन लेती, पूछ तो लेती कहाँ हो, क्यों अभी तक नहीं लौट पाई हो. मैंने अपनी सोच को ब्रेक दी, लम्बी सांस ली, पानी का एक गिलास पी लिया और फिर एक और पी लिया. शांत होने के प्रयासों में पलंग पर बैठ गई, और फ़ोन को

टटोलकर देखा, कोई अनजान नंबर था, उसका नहीं जिसका इंतज़ार था. बिना सोचे समझे मैंने वही नंबर दबा दिया. घंटी बजी, बजती रही और फिर बंद हो गई. अब मेरा डर मुझे सहम जाने में सहकार दे रहा था, मेरे हाथ-पाँव ठंडे हो रहे थे, एक सिहरन बिजली की तरह भीतर फैलने लगी. मैंने बटन फिर दबाया, घंटी बजी, किसी ने उठाया और फिर रख दिया. अब मेरी परेशानी का और अधिक बढ़ जाना जायज़ था. रात का वक़्त, बेसब्री से उसका इंतज़ार और बातचीत का सिलसिला बंद, जैसे हर तरफ़ करफ़्यू लगा हुआ हो.

आख़िर फ़ोन की घंटी बजी, एक – दो - तीन बार! मैंने बहुत ही सावधानी से उसे उठाया, बस कान के पास लाई ही थी कि एक कर्कश आवाज़ कानों से टकराई - 'परेशान मत करो, आज वह घर लौटने वाली नहीं. अभी एक घंटे में उसकी शादी हो रही है, डिस्टर्ब मत करना.' बेरहमी से कहते हुए फ़ोन काट दिया और मैं बेहोशी की हालत में बड़बड़ाई, कंपकंपाई और वहीं पलंग पर औंधे मुंह गिर पड़ी.

कौन है यह? किसकी आवाज़ हो सकती है? क्या चाहता है वह, क्यों गुमराह कर रहा है मुझे, मेरी सोच को, और उसको भी, जो मेरी साँसों की धड़कन है? वही तो मेरे जिगर का टुकड़ा है, उसके बिना मेरा जीवन सूना है, अधूरा, अपूर्ण! वह मेरे ज़िन्दा होने का सबब है, और उसी सबब के साथ बेसबब यह क्या कुछ हो रहा है, जिसकी कल्पना मात्र से मेरे बदन में डर, ज़हर बन कर फैलता जा रहा है. ऐसा तो होना ही है, ज़रूर होगा, वह मेरा ख़ून है, मेरे वंश की आख़िरी निशानी, जिसे मैंने सीने से लगाकर पाला, बड़ा किया और उसे छत्रछाया देते-देते मैं ख़ुद एक हरा शजर बन गई. पुराने सड़े गले सब पत्ते झड़ गए, और प्रकृति के हर झोंके की आंच से बचाकर मैंने जिसे अपने आँचल की छाँव दी, वहीं उर्मिला के रूप में एक

नया कोंपल उग आया. बारह महीने से बाईस साल तक का अरसा कोई कम लम्बा तो नहीं होता!

अचानक दरबान ख़बर लाया था, बुरी! हाँ, बहुत बुरी ख़बर. मेरे अभय और सविता के अंत की, और उनकी आख़री निशानी 'उर्मिला' को लाकर गोदी में डाल दिया. ग्यारह महीने की ही तो थी वह रेशम की गुड़िया, जिसके मुलायम छुहाव से मन में ठंडक फैल जाती, जिसके गाल अपने गाल से सहलाने से ख़ून में संचार बढ़ता, एक ताज़गी नसों में बहने लगती, उसकी किलकारी साँसों को महका देती, जीवन, जीवन सा लगता.

मेरी रातें दिनों में बदल गईं. क्या सोना, क्या खाना, क्या हंसना, क्या रोना, सब उसके साथ ही होता रहा. हाँ, उर्मि के साथ, वह धूप मैं साया ! वह उठे तो मैं उठूँ, वह जागे तो मैं जागूँ, वह सोये तो मैं सोऊँ. एक चित, एक मन से मैं समर्पित हो गयी उस मासूम जान पर, और वह मेरे जीने का सबब बन गई.

वह दिवाली का मनहूस दिन ही तो था, जो कुछ घंटे पहले उर्मि को गोद में लिए घर से निकले थे. पाँव छूते हुए अभय और सविता ने कहा था - 'माँ दो घंटे में लौट आते हैं, आते ही दिवाली की पूजा साथ करेंगे. मिठाई लेकर कुछ दोस्तों से मिल आते हैं.'

और जाने वाले न लौटने के लिए चले गए. लौट आई मेरे दिल की धड़कन उर्मि के रूप में, शायद इसलिए मैं ज़िन्दा हूँ.

घंटी फिर बजी, अतीत से वर्तमान में आते ही मेरी बेबसी मेरे साथ छटपटाने लगी. अब क्या करूँ? फ़ोन उठाऊँ, न उठाऊँ? न उठाऊँ तो कैसे पता चलेगा कि मेरी बालिग बच्ची कहाँ है और कैसी है? फ़ोन उठाते ही रख दिया जैसे हज़ार

बिच्छुओं का डंक एक साथ लगा हो - 'मैं थोड़ी देर में उसके साथ आपसे आशीर्वाद लेने आ रहा हूँ.' बस इतना सुन पाई.

कौन है यह, किसकी आवाज़ है जिसमें ग़ैरत के साथ-साथ अपनाइयत भी है. पर वह कहाँ है जिसकी आवाज़ सुनने को मेरे कान तरस रहे हैं? जिसे देखने के लिए मेरी आँखें बेचैनियों की सहरा में भटक रही है.

अचानक फ़ोन की घंटी फिर बजी, उठाते ही सभ्यता के दाइरे से बाहर आकर मैं उबल पड़ी — 'तुम कौन हो और क्यों बार-बार परेशान कर रहे हो? मेरी बात मेरी पोती से करा दो.'

'अभी तो वह गृह-प्रवेश करके अपने सास-ससुर का आशीर्वाद ले रही है. मैं बस अभी उसके साथ आपके पास आ रहा हूँ, फिर आप जितनी चाहें उससे बातें कर कर लें.'

'पर तुम हो कौन?'

'आपका जमाई, आपकी पोती का पति.'

'पति!' मैं विस्मित, अति आश्चर्य जनक रूप से ठगी हुई खड़ी रही. रिसीवर मेरे हाथों से छूटते-छूटते बचा, पर लाइन कट गई.

उसी समय दरवाज़े पर दस्तक ने मुझे दहला दिया. डरी सी सहमे-सहमे काँपते हाथों से मैंने कुंडी खोली. सामने सजी-धजी, मांग में सिंदूर सजाये, लाल साड़ी में उर्मि खड़ी थी और उसके बागल में दुल्हा, अपना चेहरा सर पर सजे मुकुट की लड़ियों में छुपाने में कामयाब रहा.

मैं सकते में थी, मन ज़ोरों से मंथन का कार्य करता रहा, अब डर के साथ गुस्सा भी मन में घुस आया था. उर्मी बालिग हुई तो क्या हुआ, मुझे बताए बिना किसी ऐरे-गैरे के साथ व्याह कर लिया और अब आकर सामने खड़ी हो गई है.

मुझे अभी तक यह सब कांड ही लग रहा था, भयंकर कांड! उर्मि भी पथराई सी खड़ी थी मेरे सामने. उसकी मुस्कराहट, जो उसका श्रृंगार है, जाने कहाँ गायब हुई है. कहना तो नहीं चाहती, सोचना भी नहीं चाहती कि ऐसे क्यों लग रहा है जैसे कोई अनचाहा षडयंत्र हुआ है, जिसमें उर्मि जकड़ी हुई है, इसलिए तो मुस्कराहट पर भी करफ़्यू लगा हुआ है. जितना मैं सुलझे हुए विचारों से हर पहलू पर रोशनी डालती, उतनी ही मैं उलझनों में गुमराह होती जाती. कभी भावहीन मूर्ति उर्मि की ओर देखूँ जो अपने पति के साथ ऐसे खड़ी है जैसे मैं उनका स्वागत करने के लिए तैयार खड़ी हुई हूँ.

न शोर, न गुल, न बैंड, न बाजा, बस फूल, फूलों की माला, लाल दमकती साड़ी, और लड़के की वेषभूषा से प्रतीत होता कि दोनों नवविवाहित दंपति हैं. बस, और कुछ नहीं था, न शहनाई, न मंडप, न फेरे, न महमानों की हलचल, न खाना, न पीना, ऐसा कुछ भी नहीं जिससे लगे कि यह शादी हुई है. और मैं उसकी दादी अपरिचित सी खड़ी देख रही हूँ, उन्हें घर की दहलीज़ के उस पार और मैं सोचों में डूबी इस पार.

'सदा सुहागन का आशीर्वाद दीजिये दादी,' अचानक सोच के सभी बंधन टूटे. मैंने उर्मि की ओर देखा जो मिली-जुली भावनाओं से मेरी ओर देखे जा रही थी. मैंने बिना मुस्कराये सब कुछ नज़र अंदाज़ करते हुए, लगभग गरजती आवाज़ में उस अनजान दूल्हे की ओर मुख़ातिब होते हुए कहा - 'क्या अपना चेहरा दिखाने के लिए तुम्हें मुंह दिखाई देनी पड़ेगी?'

'मेरा हक़ तो बनता है!' वह फुसफुसाया.

निशब्दता अब भी माहौल पर हावी रही. अब दूल्हे के शरीर में हरकत हुई, वह धीरे-धीरे पूरी तरह झुका जैसे उसके हाथ पाँवों को स्पर्श कर पाएं.

जाने क्या था उस स्पर्श में कि मेरे हाथ ख़ुद-ब-ख़ुद उसके माथे पर चले गए और मुंह से निकला, 'सदा खुश रहो' और मैं मुग्ध भाव से फूलों के नक़ाब के पीछे से अपनी उर्मि के दूल्हे को देखने की ललक रोक न पायी. जैसे ही वह पाँव छूकर सर ऊपर उठाने को हुआ, मैंने उसके मुकुट से लटकती फूलों और मोतियों की लड़ियों को हटाया तो एक सलोनी मुस्कराहट से सामना हुआ. देखा सामने सुंदर नयन नक़्श, चमकती आँखें, मनमोहिनी मुस्कान लिए दोनों हाथ जोड़े खड़ा था सुजान.

मैंने खुद को संभालते हुए दोनों को गले लगाया, आरती-टीका करके उन्हें घर में प्रवेश कराया. अब मन में डर का, सिहरन का कोहरा छंट गया. अपनाइयत की रोशनी में गैरत का अंधेरा गुम हो गया. मन के सारे भ्रम रफूचक्कर हो गए. मनमोहन मुस्कान का मालिक सुजान, मेरी बहू सविता का छोटा भाई, आज मेरी उर्मि के पति के रूप में सामने था.

मैं रसोईघर की ओर भागी, जहां से मुंह मीठा कराने के लिए और कुछ न पाकर शक्कर का डिब्बा ले आई. बारी-बारी दोनों को चुटकी भर खिलाई और पानी पिलाया. घर में सादगी से शुभ प्रवेश तो हुआ पर मन में एक अनसुलझी गुत्थी मुझे बेक़करार कर रही थी.

'दादी आप बैठें, ज़ियादा परेशान न होइए.'

लेकिन मैंने उनकी एक न सुनी, फ़ोन उठाया और लगाया उर्मि की नानी को!

'बधाई हो दादीजी,' उधर से पहल हुई.

'आपको भी नानी जी, पर यूं लुकाछुपी में ये सब?'

'क्यों और कैसे, आप सब जानने को आतुर हैं, हमें इसका एहसास है. आपको तो पता ही होगा, जब नातिन अपने मामा से शादी करती है तो चोरी छुपे सिर्फ़ लड़के के परिवार में ही की जाती है, अगर आज सविता होती तो वह भी शामिल

नहीं होती. हम अभी आपके पास पाँच सात मिनिट में पहुँच रहे हैं.' और फ़ोन कट गया.

उर्मि के नाना-नानी आ रहे हैं, यानि मेरे संबंधी. संबंधी तो वे थे ही, अब रिश्ता और मुकम्मिल हुआ है और मेरी हर चिंता का समाधान सहजता से सजता गया. उसी वक़्त दरवाज़े पर फिर दस्तक हुई. रसोई से बाहर निकलते ही देखा उर्मि ने दरवाज़ा खोलने की पहल की थी और अब अपनी नानी, सुजान की माँ को सास का दर्जा देते हुए पाँव छू रही थी. फ़ज़ाँ में खुशियाँ घुल-मिल गईं. बधाइयाँ अदला-बदली हुई, मुंह मीठा किया और मिलकर चाय-नाश्ते के साथ बातें होतीं रहीं. कुछ कही जा रही थी, कुछ सुनी जा रही थी, पर सब की सब सुखद और खुशनुमा थीं.

बातों के बीच कई अनजानी बातों से पर्दा उठा कि उस रात उर्मि और सुजान ने सम्पूर्ण धार्मिक रीति-रस्मों से मंदिर में अपने माता-पिता के सामने शादी की, और वे दादी को सर्प्राइज़ देना चाहते थे. हक़ीक़त में दादी को यह पता तो था कि आंध्राप्रदेश में कुछ खास परिवारों में यह प्रथा थी कि बहन की लड़की का व्याह रहस्यमय ढंग से मामा के साथ करवा दिया जाता, और तद्पश्चात मां और बेटी समधन बन जातीं. भाई, बहन का जमाई बन जाता है और लड़की नानी की बहू. दादी आज सविता की जगह खड़ी सभी रिश्ते स्वीकार करके बहू की याद में रो पड़ी. पर इसमें एक खुशी भी पोशीदा थी, कि उसे उर्मि के लिए उसका मामा, पति के रूप में एक वरदान स्वरूप मिला, एक रक्षक, एक कवच बनकर.

पर फ़ोन पर वे शब्द 'परेशान मत करो, एक घंटे में उसकी शादी हो रही है,' अब एक सुखद यादगार बन गई.

'दादी हम सभी ने तय किया कि यह शादी रहस्यमय ढंग से सम्पूर्ण करके हम आपके पास आशीर्वाद लेने आएँ. हमें पता है कि आप उर्मि को ख़ुद से जुदा

करके हमारे घर की बहू बनाने के लिए राज़ी नहीं होंगी,' कहते हुए उर्मि की नानी ने उठकर दादी को गले लगाया और उनके आँसू पोंछे. सभी का दर्द सांझा था, सभी की खुशियाँ सांझी थीं.

आँखों में एक मंज़र तैर आया, बारह महीने की नन्ही उर्मि और बाईस साल की नौजवान उर्मि अपनी ही नानी की बहू बनी, अपनी मां की इच्छा पूरी की और अब भावभीनी-सी दादी के चरणों की ओर झुकी तो दादी ने उसे उठाकर अपने सीने से लगा लिया.

कल रात और आज सुबह तक के बीच का वह सिहरता समय अब ख़ुशियों की फुहार में बदल गया. आज दादी ने महसूस किया कि दो पीढ़ियों को पाटने वाला प्यार ऐसा भी होता है.

मैं किसी का नहीं

जिस नियम का पालन कुदरत करती है, वह हम पर भी लाज़मी होता है. सूरज रोज़ सुबह उगता है, शाम को अस्त हो जाता है, दूसरे दिन निकलने के लिए. इन्सान जो जन्मा है वह अवश्य मरेगा, यह भी पता है. इसमें कोई नई बात तो है नहीं! तो नई बात कौन सी है जो किसी के साथ न होती हो, या जिसकी जानकारी किसी को न हो? पाँच तत्वों की उपज इन्सान उन्हीं बुनियादी गुणों की एवज़ हर गुज़रते चल चित्र का साक्षी होता है, जो रोज़ सुबह हम सभी खुली आँखों से देखते हैं.

'अरी ओ ईन मीना डीका, चल उठ पौने सात बजे हैं, साढ़े सात बजे अगर स्कूल की बस छूट गई तो दादाजी को तुम्हें स्कूल छोड़ कर आना पड़ेगा.'

'हे भगवान ऐसा क्यों होता है कि मेरे दिन भर के कार्यक्रम में ये सब अनचाहे काम शामिल हो जाते हैं? क्या यह भी नियति है? क्या यह सब आपने तय किया हुआ है या मेरी बहू ही मेरा विधाता बन बैठी है भगवान?'

ये हैं घर के वरिष्ठ सदस्य दादाजी, जिनके मन की मैना चाहे अनचाहे, बे-अख़्तियार हर वक़्त बोल पड़ती है! ग़नीमत है कि उसे कोई और सुन नहीं पाता!

'बहू उसे वक़्त से पहले उठा दिया करो, कभी न कभी तो उसे आत्मनिर्भर होना ही होगा. अभी से ही यह आदत डालनी होगी.'

'मैं तो आवाज़ दे दे के थक जाती हूँ डैडी, वह भी तो सुने!'

यह हर दिन का किस्सा है - एक महामंत्र मेरी पोती को उठाने का, जिसे उठाने के प्रयास में बहू मेरी नींद उड़ा देती है. इसी सोच से घबराकर मैं कुछ पहले ही उठ जाता हूँ. मेरे उठ जाने के पहले कोई मुझे बार-बार जताकर, जगाकर स्कूल जाने के लिए कहे यह बात इस उम्र में कहाँ सुहाती है?

अब सुनिए, कल ही की तो बात है, मैं सुबह की सैर के लिए समुद्र किनारे चला गया. वहाँ किसी को तेज़ रफ़्तार से पैदल करते, किसी को दौड़ते हुए देखा. सब अपनी-अपनी रफ़्तार से क़दम बढ़ाते हुए चले जाते हैं, चलते जाते हैं. सब का मक़सद भी यही है, रास्ते को मंज़िल बनाना. कुछ लोग सूरज की ओर मुंह करके नमस्कार कर रहे हैं, तो कुछ लम्बी सांसें भीतर लेते हुए बाहर छोड़ रहे हैं. हाँ यह ज़रूर था कि कुछ एक-दो की साँसों की आवाज़ मुझ तक पहुँच रही थी, कुछ की नहीं! कई लोग सीमेंट के बने चबूतरे पर सुख आसन लगाए बैठे थे जैसे वे खुद सुखानंद के स्वरूप हों. कुछ तो चटाइयों पर पलथी मारे योग-आसन कर रहे हैं, कहीं प्राणायाम का अभ्यास तो कहीं त्राटक की विविधताएँ देखने को मिल रही थीं.

जवानों की एक अलग होड़ लगी हुई है. जोगिंग, जम्पिंग, होप्पिंग, बस उछल-कूद के नवनीतम आविष्कार किए गए तौर तरीक़े. कुछ जवान लड़कियां साइकिलों पर एक दूसरे के पीछे कतार में इस तरह हवा से बातें करती हुई निकली जा रही हैं, जैसे रास्ता भी पछाड़ खाने को मजबूर हुआ हो. बिचारा रास्ता भी उनकी रफ़्तार से होड़ नहीं निभा सकता, घिस गया है, फिर भी रास्ता ही रहा है, आज तक मंज़िल नहीं बन पाया!

मैं भी रोज़ उसी रास्ते से गुज़रता हूँ. और करना भी क्या है? गुज़र जाने के पहले दौर की हर राह से गुज़र जाना है. मायूसी से गुज़रना, खुशी से गुजरना, रंजिश के साथ गुज़रना – मतलब गुज़र जाने से है. ध्यान देने वाली बात यह है कि हर दौर

से गुज़रे बिना कोई चारा भी तो नहीं. बस कोशिश करता हूँ खुशी-खुशी गुज़र जाऊँ हर उस रास्ते से जो मंज़िल की ओर जाता है.

असमानता के दौर में एक समानता की बात ने मेरा ध्यान आकर्षित किया. समुद्र की लहरों और इन्सान के मन की उड़ानों में कोई ज़्यादा अंतर नहीं, यह सच घटित हुआ! एक लहर किनारे से अपना सर टकराकर लौटती, और उसके पीछे दूसरी लहर, फिर दूसरी जाकर लौट आती है, फिर एक और लहर इस आने और जाने के सिलसिले में अपना सहकार और सहयोग देती है. यह दरियादिली हर लहर के सीने में समाई है, एक लहर के पीछे दूसरी और फिर तीसरी, और यूं अनगिनत लहरें अनन्त काल से अपना अथक सिलसिलेवार सफ़र जारी रखते आ रही है. ठीक ऐसा ही कुछ दिल के साथ भी होता है. एक विचार दिल की दीवार से टकराकर लौटता ही है, तो दूसरा पहले ही सर उठाए खड़ा रहता है. इसलिए तो मन की मैना निरंतर कुछ न कुछ बोलती है, बोलती ही रहती है, कहाँ चुप होती है?

आज की बात ही ले लो, सैर सपाटे से आठ बजे घर लौटा. आकर देखा तो घर में कोहराम मचा हुआ है. शोर भी ऐसा, जैसे जंगे-मैदान हो. बस सुनने के प्रयास में अच्छा भला आदमी बहरा हुआ जाता है. ट्रांसिस्टर की आवाज़, उससे जुड़े दो स्पीकर्स दस हज़ार बतियाते मुंहों को चुप करने कराने में सक्षम. क्या तो उनपर म्यूजज़िक चल रही है! मेरा पोता कानों में ईयर-फ़ोन लगाए झूम रहा है, कपड़े नाम मात्र, फ़क़त कमर के नीचे 'बरमुडास' पहने कमर यूं लचका रहा, जैसे कोई खिलौना स्प्रिंग से जुड़ा हुआ हो.

मैंने जैसे ही हाल के दरवाज़े के भीतर पाँव धरा, देखा बहू भी कसरत का एक अखाड़ा खोले बैठी है. वह साइकिल पर सवार, जिसके फ़ीते तो फिर रहे थे, पर वे भी शायद उसके बोझ से चरमरा रहे थे ... चीं ... चीं ... जैसे अपने भाग्य-चक्र

को कोस रहे हों! सुना है कि इस कसरत करने से मोटापा घटता है, पर भाई कोई ये भी तो बताए, आखिर यह मोटापा आता कहाँ से है?

'डैडी आप आ गए! मैं आपके लिए चाय बनाती हूँ, तब तक आप मेरा एक काम करें प्लीज़.'

साइकल से उतरने का कठिन प्रयास करते हुए बहू ने कहा.

'हाँ हाँ बेटे, कहो क्या काम है?' मैंने सोफा पर बैठते हुए कहा. (मेरे मन की मैना भी कहाँ चुप बैठती है, धीरे से ही सब कह देती है: मुझे देखते ही उसे कोई न कोई काम याद आ ही जाता है. फ़ालतू जो हूँ, कोई काम तो करता नहीं हूँ. दिन भर घर में या तो यूं पड़ा रहता हूँ, या सुबह शाम सैर सपाटे के लिए कभी समुद्र के किनारे, कभी आस-पास के बगीचे में ही जाता रहता हूँ!)

'डैडी, मेरी साइकिल के फ़ीतों में थोड़ा तेल लगा दीजिये, देखिए ना कैसे चीं ... चीं ... कर रहे है?'

(अब आप ही बताइये मैं क्या कहूँ? मेरे मन में बसी मेरी लाड़ली मैना बहुत कुछ कह देती है. सुनकर बड़ा ही सुकून मिलता है! जो मैं नहीं कहता, वही कह देती है. अभी भी वह कहे बिन कहाँ चुप बैठती है. कह रही है ... चीं-चीं तो करेगी ही, उसपर इतना बोझ जो डालती हो?) कौन समझाये इन औरतों को? वज़न घटाने के लिए वे घरों में और हेल्थ क्लबों में समय निकालकर घंटों के घंटे बर्बाद करती हैं. पर ऐसा कुछ क्यों नहीं करतीं वे, जिससे वज़न बढ़ ही न पाये, और बहुत सारी जान-बेजान चीज़ें बर्बाद होने से बच जाएँ-जैसे यह चरमराती साइकिल, घर के बड़ों का सुख चैन, उनका एक जगह बैठकर अख़बार पढ़ने का सुख, घर में स्थापित की हुई भगवान की मूर्तियों के सामने धूप दीप जलाकर आरती करने का सुख, और कभी ज़ोर से हनुमान चालीसा या गायत्री मंत्र पढ़ने का सुख. हाँ सोने के समय जितना ज़ोर से चाहूँ, हनुमान चालीसा पढ़ पाता हूँ. यह सुविधा है,

क्योंकि उस समय कोई कहने वाला या विघ्न डालने वाला घर में होता ही नहीं. सभी या तो क्लब में होते हैं या किसी पारिवारिक दोस्त के घर की पार्टी में. सब कहने से मेरा मतलब है बेटा, बहू, पोता और पोती. इन चार लोगों की एक चौकड़ी है - (चांडाल चौकड़ी नहीं कहूँगा. अपनों को कोई ऐसा कहता है क्या? कोई सुनेगा तो क्या कहेगा?)

साईं आखिर बहू साइकिल से नीचे उतरी 'अभी तेल लाई' कहकर कड़ी मेहनत से निकला पसीना तौलिये से पोंछते हुए स्नान घर में घुस गई. (मैना भी मुस्कराए बिना न रह सकी- न चाय न पानी, फ़क़त पूछा, यही गनीमत!)

खैर, मैंने ख़ुद रसोईघर में जाकर गैस के चूल्हे पर चाय का पानी चढ़ाया ही था कि पीछे से 'डैड मुझे भी आधा कप चाय देना' की आवाज़ आई. यह मेरा इकलौता बेटा था जो गलीचे पर खड़े होकर दोनों हाथ में पाँच-पाँच किलो वज़न वाले डम्ब्ल उठाए कभी एक हाथ ऊपर करता तो कभी दूसरा. उससे पूछिये, यह सज़ा वह अपने आप को क्यों दे रहा है? क्या रात को पार्टी में किसी के सामने शेख़ी बघारनी है कि मैंने इतनी देर, इतना वज़न उठाया? वाह रे ज़माने, मैं किसी और को तो बदल नहीं पाया, ख़ुद को ही बदल लिया है, अच्छा किया!

'चाय तो देता हूँ, पर यह ज़मीन पर पड़ा मेरा बिस्तर तो एक तरफ कर दो. यूं बीच में पड़ा रहेगा तो दिन तमाम रौंदा जाएगा.' मैंने रसोईघर से बाहर ज़मीन पर पड़े मेरे बिस्तरे की ओर इशारा करते हुए कहा.

'डैडी आप चिंता न करें, सब हो जायगा.' यह मेरे बेटे का आसान जवाब था.

'ठीक है, रहने दो. सब आप ही आप हो जाएगा.' मैंने चाय में शक्कर डालते हुए जैसे अपने मन की कड़वाहट का घूंट भरा.

'सुबह सुबह 'ये करो, वो करो' से दिन शुरू मत कीजिये डैड. घर में कुछ शांति हो तो अच्छा लगता है, आप भी आनंद लीजिए औरों को भी मज़ा लेने दें.'

'हाँ, वह तो है.' मैं क्या कहता, बिचारी मैना भी मौन रह गई.

'डैड, दद्दू... प्लीज़ थोड़ा आहिस्ते बात कीजिये, मुझे डिस्टर्ब हो रहा है!' यह पोता था. बाप सेर तो बेटा सवा सेर !

मन की मैना बोली –'क्यों नहीं मेरे लाल. अब चुप ही तो रहना है, ख़ामोशी की दौलत से ही तो ख़ुद को मालामाल करना है.' और सच में मैंने चुपी साध ली. मौन में कितना माधुर्य है, कितना सुकून है, इस बात से मेरे मन की मैना अभी तक वाकिफ़ नहीं हुई है.

'थैंक्स ... दद्दू, थैंक्स डैड!' पोते ने सभ्यता का प्रदर्शन किया.

जाने क्यों मेरा ये पागल मन मानता ही नहीं? जैसे तन-पिंजरे में क़ैद मन कहे 'राम राम' वैसे ही मेरे मन की मैना भी कहे 'राम राम, क्या ज़माना है? न बड़ों का चरण स्पर्श, न आशीष लेना, न सलाह, न मशवरा, बस 'प्लीज' और 'थैंक्यू' के दो शब्द कह देते हैं, ऊपर से फिर 'सारी' का मरहम भी लगा देते हैं. घाव ठीक हुआ या नहीं, यह देखना किसी का काम नहीं है. कितने गहरे गहरे घाव देते है ये नव पीढ़ी के फ़रमाबर्दार बच्चे! एक चाय की फरमाइश करता है, तो दूसरा चुप रहने की फरमाइश! अरे यहाँ कोई मुझे सुनने वाला नहीं है क्या? क्यों नहीं है? आज क्यों नहीं दिखाई दे रही है मेरी जाने जिगर, मेरी रूह का सुकून - मेरी पोती? क्या वह आज अभी तक उठी ही नहीं है? साढ़े सात बज चुके हैं.

अरे मैं भी कितना भुलक्कड़ हूँ! आज तो इतवार है - वह बारह बजे के पहले क्या उठेगी? मेरी पोती भी निराली है, उठकर कभी कसरत करती है, तो कभी योगा. वो भी सरल सहज. 'मुश्किल' वाले कहती है कि बहुत मुश्किल हैं. मेरे मन की मैना मन ही मन मुस्कराती है, पर कहती कुछ नहीं. कहती भी है तो सिर्फ़ मैं ही सुन पाता हूँ.

'मज़ाक है क्या 'योग' करना? जो रोज़ रोटी खाती हो, वह आज तक कभी खुद पकाई नहीं, तो योग क्या? बस कोशिश करती रहो, सीख जाओगी. वक़्त सब को सब कुछ सिखा देता है!' यह मेरी मैना है जो मेरे भीतर बैठी खुसर-फुसर कर रही है.

'बेटा यह चाय ले, यहाँ रखी है.' कहकर मैं अपनी प्याली लेकर हाल के कोने में मेरे नियमित स्थान पर बैठ ही रहा था कि पीछे से 'थैंक्स' की आवाज़ आई.

'डैडी, थोड़ी चाय ज़्यादा है क्या? मुझे दो सिप चाहिए.'

यह मेरी बहू थी जो स्नानघर से अभी-अभी निकलकर आई है. मेरा बिस्तर रौंदती हुई, मेरे बगल में सोफ़ा पर बैठकर अपने बाल ब्रश से सँवारने लगी.

'यह लो बेटे.' कहते हुए मैंने वह चाय की प्याली, जो अभी तक मेरे होंटों तक न आई थी उसकी ओर बढ़ा दी. वह चाय पीने लगी और मैं उठकर बीच में पड़े हुए बिस्तर को लपेटने लगा.

'डैडी आप छोड़िए न, क्यों तकलीफ़ कर रहे हैं? मैं चाय पीकर सब कर देती हूँ.'

मैंने कुछ नहीं कहा. क्या कहूँ? किससे कहूँ? कहूँ - पर कोई सुनने वाला भी तो हो. इस शोर की बस्ती में सभी बहरे हैं. चीखूँ चिल्लाऊँ भी, तो कौन सुनेगा? सच कहता है पोता -'आहिस्ते बात करो' पर यहाँ बात करने के लिए बचा ही क्या है?

'सब कुछ बाद में करने वाली मेरी बहू बाद में बहुत कुछ भूल जाती है. मैं अगर अपना बिस्तर ज़मीन से न उठाऊँ, तो दिन भर वहीं पड़ा रहेगा, जाने कितनी बार रौंदा जाए पता नहीं! जब तक रात को फिर उसे झटक कर उस पर सो न जाऊं. मेरा है, मैं उठाऊँ, कौन सी बड़ी बात है?' पर एक बात उसे याद रही -

'साइकिल के लिए तेल लाना.'

'यह लीजिये डैडी!' मेरे सामने शीशी रखते हुए उसने कहा. और रसोईघर की ओर जाते हुए गर्व से ऐलान किया 'मैं सब के लिए नाशता बनाती हूँ.'

नाउम्मीदी में उम्मीद की किरण! हर रविवार को तो 'ताज' से लाये गए डोसे, इटली, वड़े सांभर, चटनी और घर की चाय के साथ 'बृंच' होता है, आज यह.बदलाव, अच्छा लगा !

'डैडी कुछ चाहिए?' हाल में आते ही बेटे ने अपनेपन के लहज़े से पूछा. लगता है वज़न उठाकर थक गया है. मेरा नहीं, उन डंबल्स का. मेरा थोड़ा भी बोझ अगर वह उठाता, तो मेरे मन का बहुत सारा बोझ कम हो जाता. और यह जो मेरे मन की मैना बार-बार बीच में बोल पड़ती है वह भी शायद कुछ शांत हो जाए!

'नहीं बेटा मुझे कुछ नहीं चाहिए.' मन की मैना फिर बोल उठी पर इस बार कुछ ज्यादा धीमे से. (मुझे तो कुछ नहीं चाहिए, तुम्हें क्या चाहिये? मुझे जो न चाहिए था वह भी दे दिया है, यह शोर, यह कुरुक्षेत्र जैसा घर, बैठने के लिए कोने वाला सोफा, रात को सोने के लिए एक बिस्तर, और क्या चाहिए मुझे?)

मैं निरंतर कोशिश करता हूँ कि मन की मैना चुप बैठे तो मैं भी कुछ पल आराम करूँ. पर वह माने तब ना? वह बोलती ही रहती है, निडर-निर्भय. कौन उससे कहे कि वह चुप हो जाये, आहिस्ता बोले! मैंने उसे रात की खामोशी में भी कहते सुना है - 'जो लेने के आदी हो जाएँ, वे देने की पहल क्या करेंगे. जो ज़बान तक आई चाय छीन लेते हैं, वे मुझे क्या देंगे? यह घर मेरा है, बच्चे मेरे हैं, यह बिस्तर मेरा है, चाय मेरी ... हूँ-हूँ ... मेरी चाय उनकी है ... मैं किसका हूँ?

परछाइयों का जंगल

माँ को बड़ी मुश्किल से सहारा देकर बस में चढ़ाया और फिर मैं चढ़ी. बस धक्के के साथ आगे बढ़ी तो माँ गिरते-गिरते बची. मैं भी उसे न संभाल पाई. एक दयावान वृद्ध ने अपने स्थान से उठकर उसे बैठने के लिए कहा और माँ एक आज्ञाकारी बालक की तरह सीट पर बैठ गई. मैंने टिकट ली और उसके साथ सटकर खड़ी हो गई. 'टैंकबंड' बस स्टॉप पर उतरना था. कंडक्टर ने दो बार ज़ोर से पुकारा, 'टैंकबंड, टैंकबंड!' पर मैं अतीत की खलाओं में खोई रही, जब इसी तरह सहारा देकर माँ ने मुझे पहले चढ़ाया था और बाद में वह खुद चढ़ी थी. बस चलने लगी थी, पर फिर पाया कि कुछ छूट गया था, कुछ नहीं बहुत कुछ छूट गया था. पिताजी जो साथ आए थे, पीछे रह गए थे. हड़बड़ी में वे चढ़ ही नहीं पाये या ... माँ का चेहरा ज़र्द, आंखें फटी फटी, गुमसुम आलम में वह बढ़बढ़ाते हुए अचानक चिल्लाने लगी - 'अरे बस रोको, बस रोको, मुनिया के पिता पीछे रह गए हैं. अरे भाई रोको मुझे उतरने दो, वे पीछे रह गए हैं.'

आवाज शोर में लुप्त सी हो गई और बस हवाओं से बातें करती टैंकबंड बस स्टॉप पर आकर ठहरी. माँ ने एक तरह से मुझे धक्का मारकर नीचे उतारा और खुद जैसे चलती बस से ही कूद पड़ी. पाँव जमीन पर टिक न पाए इसलिए वह औंधे मुंह ज़मीन पर गिर पड़ी, वहीं बस स्टॉप पर लोगों की भीड़ के बीच.

जैसे कोई तमाशा हो मदारी का! लोग चलते-चलते मुड़-मुड़ कर तिरछे नयनों से उसकी ओर घूरने लगे. सोचते होंगे यह कैसा पागलपन है कि बस अभी रुकी भी

नहीं कि वह कूद पड़ी. खैर ... तब मैं 8 साल की थी और आज 18 की हूँ, पहले से अधिक समझ सकती हूँ. याद है तब मैंने ज़मीन पर पड़ी माँ का हाथ थामा, और खींचते हुए उसे उठाने का एक नन्हा प्रयास किया. माँ उठी और बस की विपरीत दिशा में लगभग दौड़ने लगी और उसका हाथ थामे हुए मैं भी उसी रफ्तार से साथ-साथ खिंची चली जा रही थी. इतना तो मैं समझ ही पाई थी कि माँ पीछे छूट गए मेरे पिताजी की खोज में उस ओर भागे जा रही थी.

'माँ रुको तो, मैं नहीं दौड़ सकती. मुझे दर्द हो रहा है.' मेरी रूआंसी सी आवाज़ फिर से शोर के कोलाहल में खो गई.

'अरी चल, जल्दी चल ... तेरे पिताजी न जाने कहां चले गए होंगे?'

'कहां गए होंगे माँ, कहीं नहीं जाएंगे, घर लौट जाएंगे.'

'अरी अब चुप भी कर, बस जल्दी चल. तू नहीं जानती!'

इसके आगे माँ कुछ न कह सकी. आज उस चुप्पी का अर्थ मेरी समझ में आ रहा है. जो तब नहीं जानती थी अब जानने लगी हूँ. तब आठ की थी अब 18 की हूँ. दस सालों में अपनों का दर्द, उनकी भावनाएं, उनकी खामोशी में चढ़ते-उतरते लावे के उफ़ान को खूब समझती हूँ, उनकी भावनाओं की हर आहट को दस्तक देते हुए महसूस करती हूँ. बड़ी होते-होते सच में बड़ी हो गई हूँ, तभी तो माँ को एक बच्चे की तरह हाथ पकड़ कर पहले बस में चढ़ाया और फिर खुद चढ़ी.

'टैंकबंड, टैंकबंड,' कंडक्टर ने दो बार आवाज दी.

मैंने हड़बड़ाकर मां का हाथ पकड़ा, उसे सहारा देकर उतारने के पश्चात खुद उतरी, और उसका हाथ थामे हुए ही बस में चढ़ने और उतरने वाले लोगों की भीड़ से स्थगित हुई. हाथ छोड़ने का ख़तरा मैं नहीं ले सकती थी, बिलकुल भी नहीं.

जिंदगी के उतार चढ़ाव भी ऊंट सी करवट बदलते, हिचकोले खाते हुए जीवन नौका को आगे तक धकेलते रहते हैं, ठीक उसी तरह जैसे दस साल पहले माँ मुझे लगभग धकेलते हुए अपने साथ घसीटते हुए, एक पागलपन की हद तक पिताजी को खोज रही थी. यह सच है जब माँ ने कहा था, 'तू नहीं जानती', सच मैं सचमुच नहीं जानती थी कि पिताजी घर न जाकर कहीं और चले जाएंगे. इंसान का ठिकाना तो उसका घर होता है. क्या कोई भूला-भटका, थका-हारा, भूखा-प्यासा इंसान किसी अनजान डगर पर गुमराह हो जाता है या इस तरह भी खो जाता है जैसे मेरे पिताजी खो गए थे उस दिन?

घर के पास आकर माँ ने कुंडी खोली, भीतर झाँका, पिताजी वहाँ नहीं थे. होते भी कैसे? कुंडी बाहर से बंद थी, मां ने खोली थी!

'हे भगवान कहां गए होंगे? अब मैं कहां जाऊं किससे पूछूं? उन्हें तो अपनी खबर नहीं, होती तो घर न लौट आते.' और मां बिलख-बिलख कर अपना माथा पीटने लगी.

मेरी मासूमियत शायद इस दर्द को, उसके अर्थ को न जानते हुए खुद भी सुबक-सुबक कर रोने लगी. आज जानती हूँ माँ ने वह सफर किस तरह अकेले काटा होगा, किस तरह तन्हा-तन्हा उस दर्द के आघात को सहा होगा, जिसने कतरा-कतरा उसे रुलाया. मैंने बस साथ दिया. आज भी वह घर के किसी कोने में चुपचाप बैठे बैठे न जाने बेरहम जिंदगी के कई किस्सों का गणित जोड़ती रहती है. देखकर मेरा रोम-रोम सिहर उठता है.

क्या बेबस आदमी कुछ भी न कर पाने की स्थिति में ऐसा कुछ भी कर बैठता है या अपने आप ऐसा हो जाता है. बदन कांप गया ... फ़क़त याद मात्र से. सिहरन तो तब भी हुई थी, जब मां ने मेरा हाथ झटक कर खुद को छुड़ाया और एक क्रंदन के साथ भीड़ को चीरती हुई पिताजी की लाश पर जा कर झुकी. झुकी

क्या, उनपर गिर पड़ी. उनके पीछे-पीछे जाते मैंने वह नज़ारा आंखों के सामने देखा, खून से सने हुए पिताजी फर्श पर पड़े थे. तब नहीं जाना अब जानती हूँ. किसी मोटरकार ने उन्हें टक्कर मारी, वे खुद को न संभाल पाये और गिर पड़े. बस क्षण भर में ही जिंदगी की हद पार करके मौत की हद में जा पहुंचे. कितनी महीन रेखा ज़िंदगी और मौत का विभाजन करती है!

जो होना था वो हुआ. पर बाद में जो हुआ वह नहीं होना चाहिए था. माँ जब भी मुझे अपने सामने पाती, पिता की याद में तिल-तिल जीते तिल-तिल मरते, उनकी कही-सुनी बातों को दोहराती जो दर्द बन कर उनके हृदय में समा गई थीं. पिताजी को मानसिक रोग ने ग्रस्त कर लिया था, और वे धीरे-धीरे बहुत कुछ भूलते जा रहे थे, अपने होने की अवस्था को भी. तब मैं दो साल की थी, ऐसा माँ ने बताया. और उस हालत में वह न मुझे अकेला छोड़ सकती थी न पिताजी को. सदा घर की कुंडी भीतर से बंद कर लेती ताकि पिताजी कभी भूल से भी दरवाज़ा खोलकर बाहर न निकल जायें. कभी पिताजी को लेकर डॉक्टर के पास जाना होता तो मुझे भी साथ ले लेती, क्योंकि मैं छोटी थी. आफताब मेरा बड़ा भाई था, आज होता तो 22 साल का नौजवान होता. मुझे चार साल बड़ा था.

'वह होता तो यह सब कुछ न होता, खुदा को उसकी ज़्यादा ज़रूरत रही होगी, तभी तो ...' ऐसा माँ बार-बार कहती रहती. आजकल वह हर बात बार-बार दोहराती है और पुरानी यादों की पोटलियों से भूली बिसरी बातें उधेड़ कर मुझे सुनाती रहती है. अब तो लगता है कि जब मैं उसके पास नहीं भी होती हूँ तब भी वह बस बतियाती रहती है, फिर चाहे कोई सुन रहा हो या न सुन रहा हो. मेरे पास भी कोई चारा नहीं. उसका भ्रम बनाए रखने की खातिर शायद उसके दर्द भरे फफोलों को फोड़ कर उन्हें कतरा कतरा बहने पर मजबूर करते हुए पूछ

लेती हूँ - 'माँ पिताजी उस दिन तुमसे क्यों खफा हो गए और नाराज़ होकर बरस पड़े? बताओ न माँ क्यों?'

ऐसे में माँ एक लंबी सांस लेकर मुझे शुरु से आखिर तक वह किस्सा सुनाते कहती - 'अरे मुन्नी तुझे पता है उस दिन तेरे पिता नहाने के लिए गुसलखाने गए, हाथ में अंगोछा और पैजामा लिए, जिसका नाड़ा लटक रहा था. कुछ देर बाद बाथरुम से गुस्से भरी आवाजें आने पर मैं दौड़ती हुई वहां पहुंची. वे आईने में अपनी परछाई से लड़ रहे थे और लटकते हुए नाड़े को अपनी ओर खींच रहे थे. वही क्रिया परछाई भी कर रही थी.'

'ऐसा क्या हुआ था माँ?' मैंने माँ के दिल को फिर टटोला.

'मुन्नी, पता है उन्हें गुस्सा किस बात पर आ रहा था?'

'नहीं माँ!' मैं बस इतना ही कह पाई. दर्द को निगलना इतना मुश्किल है तो पचा पाना कितना असहनीय होगा, यही सोचती रही.

'अरी पगली पागलपन की भी हद होती है. वे सोच रहे थे कि घर में कोई चोर घुस आया है और उनका अंगोछा और पाजामा छीनकर ले जाना चाहता है. वे उन्हें अपने ओर खींच रहे थे और परछाई अपनी ओर!'

'फिर क्या हुआ माँ?' मैंने अपनी रुलाई रोकते हुए ऐसे पूछा जैसे किसी कहानी का अंत जानने के लिए उत्तेजित थी.

'मैंने यह देखकर तुरंत गुसलखाने की लाइट बंद कर दी और उनका हाथ थाम कर कमरे तक ले आई, और सांत्वना देते हुए उनसे कहा कि अब चोर भाग गया है, वह फिर कभी नहीं आएगा.' माँ ने अपनी आँखें दुपटे के छोर से पोंछते हुए उस किस्से के आखिर को अंजाम दिया.

'कभी नहीं आएगा, मुझे तंग भी नहीं करेगा?' ये पिताजी के शब्द थे या उनका डर था, यह न माँ आज तक समझ पाई न मुझे समझा पाई है.

'नहीं कभी नहीं! अब आप लेटें और सोने की कोशिश करें.'

ऐसी हालत में माँ का तन्हा संघर्ष मेरे जीवन का हिस्सा बनता गया. ऐसे और कई वारदात जिनको आज याद करते हुए मेरे रोंगटे भी खड़े हो जाते हैं. क्या आदमी इस क़दर अपनी यादाश्त के साथ अपनी पहचान खो देता है कि महसूस होने लगता है कि 'हम क्या किसी कागज की नाव में सवार है? क्या उसमें भी छेद है जहां से दर्द रिसता हुआ मन के भीतर घुस जाता है? क्या कोई साधन या तंत्र नहीं, या कोई ऐसा बांध, जो बांधा जाय ताकि दर्द कतरा-कतरा बहकर मन कलश को खाली कर दे. यह कैसी विडंबना है कि आदमी जिंदा हो पर जीता न हो, मरने वाले की याद में खुद को बेखबरी के आलम तक ले आए. ऐसी जिंदगी पिता के बाद मैंने मां को जीते हुए देखी और साथ रहते-रहते खुद जी और भोगी.

एक दिन माँ ने अपनी छोटी सी थैली से कुछ रेज़गी निकाल कर खटिया पर फैला दी और फिर सिक्कों को एक एक करके गिन-गिन कर वापस उसी थैली में डालते हुए कहने लगी, 'ये पैसे मेरे हैं, मैंने घर के खर्चे से दुख-सुख के वक्त के लिए पाई-पाई करके बचाए हैं. मैंने चोरी नहीं की है. मैं चोर नहीं हूँ, मैं चोर नहीं हूँ.'

मैं निशब्दता में गुम होकर खुद को खोज रही हूँ. क्या कहूँ इतना सब देखने के बाद, सुनने के बाद! इतना सब कुछ घट जाता है इंसान की ज़िंदगी में कि उसको भूलने की कोशिश में जीवन टुकड़ों में बंट जाता है. काश! ऐसा कोई यंत्र होता जो अतीत की यादों को फिर से यादों में आने से रोक लेता ताकि वर्तमान के किसी हिस्से पर उसकी परछाई पड़कर आज को कोई ग्रहण न लगा पाए.

एक रविवार को मैंने बड़े प्यार से माँ का मनपसंद खाना बनकार कुछ निवाले उसे अपने हाथ से खिलाये और फिर थाली उसे थमाकर अपने लिए खाना परोसने रसोईघर गई. जैसे ही मैंने अपना हाथ खिसका लिया, वह बेहोशी की हालत में

ग्रास दर ग्रास खाती रही और आखिर उठते हुए थाली, चम्मच लेकर रसोईघर की बजाय स्नानघर की हौदी में रख आई. मैं देखकर हैरान हुई कि इस हद तक माँ अपना आप भूल चुकी है. फिर आवाज़ देते हुए अपने जवाबदार होने का ऐलान करते हुए कहा - 'मुन्नी मैं खाना खा लिया है और बर्तन रसोईघर में रख दिए है. बहुत नींद आ रही है ... जाकर सोती हूँ!'

जो अपना आप खो बैठे, उसे क्या पता कि कौन सी हौदी किस काम के लिए है. यह यादों का कैसा जंगल है, जिसकी भूल भुलैया में माँ पिताजी का पीछा करते करते अपना आपा खो बैठी, खुद को खो बैठी, पर उन्हें खोज न पाई.

कभी वह पिताजी की एक टोपी, जो उनके पास अब भी बची थी, सर पर ओढ़ लेती और मजबूती से अपने दोनों हाथ उसपर धर लेती और कहती - 'नहीं यह उन्होने मुझे दी थी, मैं अपने साथ ले जाऊँगी. यह तुम्हारी नहीं है, मेरी अपनी है, यही एक निशानी रह गई है!'

अपने और पराए के बीच की दीवार इतनी गहन हो सकती है, सोच में, शब्दों में ... इस गुत्थी को मैं आज तक सुलझा नहीं पायी हूँ. मैं उनकी अपनी, पराई कैसे हो सकती हूँ? और वह जो साथ छोड़ गया वह अब भी अपना है! आज इसी एक भूलभुलैया में जी रही हूँ. भेदने की कोशिश करूँ इतनी भी हिम्मत नहीं मुझमें. बस इस दौर के हर एक क्षण की साक्षी होकर मैं अपने आने वाले कल से आज ही जुड़ रही हूँ. माँ ने अपनी व्यथा-गाथा सुनाते-सुनाते मेरे भीतर की इतनी सन्नाटों की खलाओं को भर दिया है कि आज तक मैं उस कोहरे से बाहर नहीं निकल पाई हूँ. इस कदर कि अब अपना वजूद भी अपना नहीं लगता. जैसे मैं जी रही हूँ परछाइयों के बीच, भाग रही हूँ उन यादों की परछाइयों के जंगल में! अजीब विडंबना है!

माँ पिताजी का सहारा बनना चाहती थी, बीच सफर में साथ छूट गया कुछ यूं जैसे वजूद का कोई हिस्सा काट कर फैंका गया हो. बस घर का एक कोना खाली हो गया. मैं माँ का सहारा बनकर भी न बन पाई, यह मेरी बेबसी है. माँ का सहारा बनते बनते लग रहा है, माँ नहीं, मैं बेसहारा हो गई हूँ.

गुलशन कौर

इसे मैं क्या नाम दूँ - कथा, आत्मकथा, स्मरण, संस्मरण या शब्दों का बुना हुआ एक नाज़ुक रिश्तो का जाल कहूँ, जो वक्तानुसार अपनी सुविधा से बुन लिया जाता है या उधेड़ लिया जाता है. जब गुलशन कौर से उसकी यादों की चादर में टांके हुए इन सितारों की बात सुनी तो सोचा दुख-सुख, जुदाई-मिलम के इस भावनात्मक संगम को ज़बान दूँ. सुनते हुए मन में यही आया, जैसे रिश्ते नाते सौदागर के सौदे हो गए हैं, बिकाऊ या खरीदे हुए. बिकाऊ-जिस का नाता खरीदार के साथ बन जाता है या यूँ कहें बंध जाता है, क्योंकि वह मालिक होता है और खरीदे हुए वजूद का हक़दार, हर मामले में उसे इस्तेमाल करने का हक़ उसे हासिल होता है, काम लेने का, अपने अरमानों को पूरे करने का, हर मनचाहे इस्तेमाल करने का!

और उसी दौर में ...

धरती की दरारों के साथ दिलों में दरारें पड़ती रहीं, बढ़ती रहीं, चौड़ी होती रहीं. हिंदू-सिख-मुसलमान सभी एक दूसरे के दुश्मन बन गए, लूटमार का हाहाकार मचा, जिसमें स्वाहा होती रही औरत की अस्मत. खुले मैदानों में बेसहारा, बेछत लोग बैठे हुए देखे जाते. एक देश अब दो में विभाजित हुआ था. कम्युनल हारमनी के नाम पर जैसे एक दूसरे को मार-धाड़ कर अपने अपने मन की भड़ास निकाल रहे हों.

ऐसे वक़्त में ...

ज़रीना आपा के मुंह से सुना कि मुसलमान घर की एक लड़की की शादी में नाच गाने में भंग डालते हुए कुछ सिख तलवारें लेकर टूट पड़े, यह पता ही नहीं चला कि किसका सर किधर गिरा, और किस का धड़ किधर गिरा. बस खून के रेले बह चले.

ऐसे में ...

माएं चीख़ती, बिलखती रहीं, और कुछ तो अपने बेटों को दूध की कसम देकर उन्हें मार डालने के लिए मजबूर करतीं, या उन्हें किसी कुएं में फेंक देने के लिए बाध्य करतीं. सामने यह आया कि मुसलमान भी भड़के हुए थे और उनके घात करते हुए कात नहीं जानते थे कि उनके वार के सामने कौन आया? सिख-हिंदू या उनका ही कोई मुसलमान भाई. सिख औरतों को घर से घसीटकर बालात्कार के बाद घर के बंधुओं के सामने वार से तमाम कर दिया जाता. ऐसे बेदर्द हृदय विदारक मंजर देख कर कोई क्या करता, क्या चीखता? फ़क़त दर्द को दिल में दबाकर आज नम आंखों से वही तमाशाई बंधु अपनी आपबीती की दास्तान बताते हैं.

' हाँ तो गुलशन बिटिया, आंखन देखी हालात का मंज़र था, पर आंख रोना भूल गई ... मुंह में आवाज़ घुट कर रह गई. उफ़! करना क़यामत बन जाता था. देश की फसीलें उलांघ आना आसान, पर दिलों की बहुत ही मुश्किल हुईं थीं उन दिनों.'

'पर आपा, ऐसी हालत में आप सरहद के उस पार से इस पार कैसे आईं?' गुलशन कौर ने अपनी बड़ी बड़ी आंखों को विस्मय के विस्तार में फिराते हुए पूछा.

अब वह इतनी भी छोटी न थी, उसे कुछ कुछ याद आ जाता कि वह किस तरह उन हालातों से बच बचाकर अपनी चाची सुरजीत कौर और अन्य शरणार्थियों के

साथ अमृतसर में आकर बसी और बचपन से आज तक यहीं रच बस गई है. उनका क्या हुआ जो अपनों से बिछड़ कर पीछे रह गए. पूछने के लघु अनुपात में ज़रीना आपा की बयानबाज़ी ने तो कई वारदातों को जिंदा कर दिया था.

फिर भी ...

गुलशन कौर उत्सुक थी यह जानने के लिए कि यह ज़रीना आपा आखिर कौन है? और दो दिनों से उनके यहाँ टिकी हुई है, ऐसे जैसे कोई नज़दीकी रिश्तेदार हो. पर यह संभव किसी हाल में न था. उसका पहनावा, बातचीत का लहज़ा अमृतसर के किसी भी आम आदमी से तालमेल नहीं खाता था. सुरजीत चाची ने एक आध बार उड़ते में उनके पड़ोसी होने के नाते ज़िक्र किया था. और यह भी ठीक से नहीं बताया कि वह कौन है, किसकी नातेदार है? सभी सवाल मन के किसी कोने में सहमे सहमे से थे.

एक बात जो प्रत्यक्ष रूप में सामने थी वह थी चाची के आंचल का प्यार दुलार, जो पाकर गुलशन एक कली से फूल की तरह खिल उठी थी. एक-आध बार लोगों को कहते सुना था - 'गुलशन कौर का सौंदर्य कुछ अलग रंग और बू लिए हुए है. किसी अमीर घराने की अमीरज़ादी का जलवा है उसके चलन में, उसकी आन में, उसकी बान में!' तब वह कुछ भी नहीं समझी थी उन बातों का अर्थ!

'हां तो गुलशन बिटिया, तुम मुझे 'आपा' न कहकर 'दादी जान' भी कह सकती हो.'

'पर यह संबोधन तो!'

बात को बीच में ही काटते हुए ज़रीना आपा ने कहा - 'संबंधों की बात नहीं मेरी लालपरी! मेरी उम्र, और इन चाँदी जैसे बालों को देखते हुए 'दादी' कहना - कहलवाना जायज़ बनता है. और तुम भी तो मेरी पोती की उम्र की हो, इसीलिए कह रही थी.'

'अच्छा आपा, आप अपनी उस पोती को अपने साथ क्यों नहीं ले आईं? क्या उसे वहीं गैरों के बीच रहने के लिए छोड़ आईं? क्या नाम है उसका?' पलभर में गुलशन ने अनगिनत सवाल ज़रीना आपा के सामने पसार दिये. ऐसे में ...

क्या कहती ज़रीना आपा, क्या बताती वह? कैसे अपना सीना चीर कर कहती कि ... एक ऐसा सच जो न उगलते बनता था न निगलते.

'आप बताएं ना आपा, उसका नाम क्या है? वह कहां है? चाची ने एक दो बार आपका और उनका ज़िक्र आधे अधूरे शब्दों में ज़रीना बानो के नाम से किया है. बहुत याद करती है वह आपको.' कहकर गुलशन ज़रीना आपा की ओर देखने लगी.

और जैसे नींद से जाग उठी ज़रीना आपा! ज़रीना बानों का ज़िक्र सुनते ही हड़बड़ाकर बोल पड़ी - 'गुलशन. उसका नाम है गुलशन बानो. अरे ... रे ... रे ... सारा बानो है!'

'सारा बानो, कितना सुंदर नाम है आपा! कहाँ है वह?' कहते हुए गुलशन कौर ने ज़रीना आपा की चुनरी को हल्के से यूँ लहराया कि चुनरी सर से उतर कर उसकी छाती पर आ ठहरी, जो धौंकिनी की मानिंद चल रही थी.

'वह अब जाने कहां खो गई है बिटिया, उसको तलाशते हुए मैं उस देश को छोड़कर इस देश में आई हूँ.'

'क्या मतलब आपा? आपकी सारा बानो क्या सच में खो गई है?'

'हाँ बिटिया, उसे ढूंढते-ढूंढते मेरी उम्र की कमर दोहरी हो गई है. सात साल वहां पाकिस्तान की गली गली की मिट्टी छानी, पर वह नहीं मिली.'

'सात साल से आप उसे ढूंढ रही हैं? अब वह कितने साल की हुई होंगी आपा?'

गुलशन कौर के आवाज़ में खलबली सी मची थी. सवालों का तांता बढ़ता जा रहा था.

' यही कोई पंद्रह सोलह साल की हुई होगी मेरी बच्ची, कुछ तुझ जैसी, तेरी उम्र की! मां का आंचल छूटा तो मैंने गोद में समेट लिया. पर अब, जब अल्लाह मियां के पास जाऊंगी तो क्या जवाब दूंगी उसकी माँ नूर बानो को,' कहते हुए ज़रीना बानो अपनी छाती पीटने लगी.

विभाजित दौर के दर्द की लकीरें वक़्त बेवक़्त जब भी सालती हैं, तब वतन में भी बे-वतनी का अहसास ज़िंदा हो उठता है. जब खून पुकारने लगता है तब अपने लोग ज़मीन की जड़ो से उखड़ कर बेदर्द हवाओं के रुख के साथ हो लेते हैं. जैसे ज़रीना बानो अपनी पोती की याद की डोरी थामे अचानक अमृतसर आन पहुंची, बिना किसी सूचना के. सुरजीत कौर उसे देख कर ज़र्द पत्ते की तरह सिहर उठी, जैसे बहार में ख़िज़ाँ की कोई आहट सुन ली हो. आँखों से नींद नदारद सी हो गई. एक अनजाना डर उसके मन के कोने में दुबक कर बैठ गया. वह ज़रीना बानो से आँखें चुराने लगी, उससे कतराने लगी. अक्सर सामना न हो इसलिए ज़्यादा वक़्त गुरुद्वारे में गुज़ारती. घर में रह जाते दो प्राणी, ज़रीना बानो, व गुलशन.
इस बात का एहसास ज़रीना बानो को भी हुआ.
तभी एक चरमराहट से दरवाजा आँगन के भीतर खुला और सुरजीत कौर गुरुद्वारे की सेवा से निजात पा कर घर लौटी. गुलशन कौर चाची को देख कर उठी और उसके हाथ से लंगर से लाए हुए प्रसाद के दोने और खाने का सामान लेकर रसोई में जाते जाते कहने लगी ...

'चाची खाना परोस दूँ, आपा भी सुबह से भूखी बैठी हैं, सिर्फ चाय पर टिकी हुई है, और अपनी खोई हुई पोती सारा बानो के दर्द की गाथा बता बता कर उदासीन हुए जा रही हैं.'

'हाँ गुलशन बेटी, दो तसतरियों में प्रसाद बांटकर तुम दोनों खा लो. मैं वही खाकर आई हूँ,' कहकर सुरजीत कौर वहीं खटिया पर कमर सीधी करने के लिए लेटने लगी.

गुलशन ने खाना परोस कर लाने के पहले एक हल्की सी रजाई चाची के थके बदन पर पसार दी. चाची का मन उसे दुआएं देता हुआ नींद में गरूब होने लगा. आसादीवार के वेले गुरुद्वारे पहुंचने के बाद अब घर लौटी थी. दोपहर के दो-तीन बज रहे हैं, नींद तो आनी ही थी.

पर ऐसा हो कर भी न हुआ. सुरजीत कौर ने आंखे तो बंद कर ली पर बंद आंखों में जो साये तैर आए उनसे उसका बदन सिहर उठा था. यह तो भला हो गुलशन का जो उस पर रजाई की तह चढ़ा गई, पर यादों के नुकीले भेदी जो आँखों की नींद चुग रहे थे उन्हें कौन समझाये! अतीत के साये सदा बनकर आज कानों में गूंजने लगे. सात-आठ साल पुराने अक्स, सिन्ध से हिन्द में आने की तैयारी वाले माहौल को फिर से ज़िंदा करने लगे.

'अरे सुरजीत बहन, हम सालों से पड़ोसी बन कर रहे हैं. एक दूसरे के माई-बाप ही हैं. बस अब निगोड़े वक्त ने फासले बढ़ाकर हमें पछाड़ने की ठान ली है.'
'हां ज़रीना बेगम यह तो है. अब के बिछड़े जाने फिर कब मिलें, मिलेंगे भी या नहीं, कौन जाने? सरदार ने तो कल सुबह-सवेर ही निकलने की ठानी है. पाकिस्तान की बॉर्डर लांघकर भारत जाकर बस जाने की बात बनी है. सुबह हम

52

दोनों ही निकल जाएंगे. तुमसे भी शायद ही मिल सकें, इसे ही आखिरी मुलाकात समझना.'

कह कर सुरजीत कौर ज़रीना बेगम के गले लगकर अपने आंसू कमीज़ की बाहों से सोखने लगी.

'नहीं नहीं सुरजीत, यूँ न कह, हमें मिलना है, बिछड़ना नहीं. तुम्हें मेरी एक अमानत अपने साथ लिये जानी है. इस वक्त मेरा यहां से हिलना मुहाल है - 'सरताज' की बांदी जो हूँ. अपनी मर्जी से जा नहीं सकती, पर मेरी गुलशन बानो को तो तू अपनी बना कर साथ ले जा सकती है. उसकी तो माँ नहीं है, अब तू ही उसकी माँ बन जा और मेरे जिगर के टुकड़ा अपने घर आंगन में जाकर रौंप देना. अगर जीवन में समय और मौक़ा दिया तो जरुर मिलेंगे. अब चलती हूँ.'

'पर ज़रीना बेगम ... मैं हिंदू, तू...'

'अरे बस भी कर, कहा ना वह तेरी है. तू जो चाहे उसका कर. अपना नाम दे या नया नामकरण कर, उसे अपने साथ ले जा, या यहां मरने के लिए छोड़ जा, यह तेरी मर्जी है, मेरी नहीं,' कहते हुए ज़रीना बानो हिरनी की चाल से घर के बाहर हवा की रफ़्तार से निकली और पलक झपकते रह गई सुरजीत कौर अपने ही घर में, सूनी दीवारों के बीच, एक गुदगुदाहट महसूस करते हुए, एक लर्जिश भरा स्पंदन महसूस करते हुए. वह बेऔलाद थी, पर सीने में ममता नहीं थी, यह बात न थी. बस डर था कि जात पात की दीवारें कहीं उस रिश्ते को ऊंच नीच की तराजू में न तोल बैठे. मज़हब की वेदी पर गुलशन बानो के मासूम बचपन को कहीं कोई आंच न आ जाए. माहौल ही ऐसा था कि ...

सिख और मुसलमान इक दूजे के कट्टर बैरी हो गए थे. बात-बात पर तलवारे चीखती और दर्द मौन सा होकर सिसकता रहता उन सने हुए खून के धब्बों को देखकर, जो एक ही रंग के थे. लाल! सभी का खून लाल है तो क्यों किसी के दर्द

53

से खून में उबाल नहीं आता? क्यों दर्द को दीमक लगी है कि देख कर भी किसी का दिल नहीं पसीजता? क्यों मानवता अपने अर्थों को अनाथों की ओर धकेल रही है.

खाट पर लेटी सुजीत जानती थी कि रज़ाई की तह तो सिर्फ तन को ढाँप रही थी, उसका मन तो कल के फसादों की नुकीली यादों से तार तार हुआ जा रहा था.

'अरी सुरजीत कौर, तू क्यों सोई है? दिन की रोशनी को रात की कालिख समझ बैठी है क्या? उठ, तेरे आंगन में उजाला अब भी बाकी है. सारी की सारी तारीकियाँ मैंने अपने आंचल में समेट ली हैं!' कहते हुए उसने दर्द भरे आवाज में गुलशन कौर की ओर निहारते हुए एक आदेश दिया.

'अरे बेटा गुलशन, तीन तसरियों में खाना बांट लेना. तेरी अम्मी सुरजीत भी हमारे साथ खाएगी. आज का दिन मिलन का जश्न है, धरती आसमान से मिल रही है! हाँ-हाँ, आजा तू भी आजा. सुरजीत तू भी उठ.'

अब गुलशन कौर सोच के दरिया में बहने लगी. वह हैरानी से ज़रीना आपा के कहे लफ्जों की उधेड़बुन में उलझ गई जिसमें प्यार भी था, दुलार भी, दर्द भी और दवा भी! सुरजीत कौर से भी न सहा गया न रहा गया, उठकर खाट पर बैठी और भीगी पलकें उठाकर ज़रीना बानो की ओर देखने लगी. गहराई तक उसकी आंखों में झाँकते हुए यह जानने की कोशिश करने लगी थी कि ज़रीना बानो क्या वाकई मिलन का जश्न मनाने की बात कर रही है या उसके बाद की जुदाई का ऐलान कर रही है? धरती अंबर के मिलन की बात वह चाह कर भी समझना नहीं चाहती थी.

क्योंकि ...

ज़रीना बानो की पोती गुलशन बानो को जब दोनों पति-पत्नी अपने साथ अमृतसर
ले आए तो सरदार ने सभी से कहा कि वह उनके भाई की बेटी है, गुलशन कौर.
क्योंकि सभी जानते थे कि उनकी कोई औलाद नहीं हुई और फिर गुरुद्वारे में
नामकरण के ऐलान से उनके सूने बंजर सीने में जैसे शबनम की नमी बरसने
लगी. ममता का आंगन फलने-फूलने लगा, गुलशन को सींचते-सींचते उस
खुशबूदार सुमन की महक उनके मन में रच-बस गई.

'मैं आपको 'अम्मी' कह कर पुकारूंगी और उन्हें बाबा कह कर - यह 'चाची'
शब्द मुझे अच्छा नहीं लगता.' गुलशन कौर ने ज़िद की. उम्र भी तो ऐसी थी,
सात-आठ साल की.

'नहीं तुम मुझे चाची ही कहोगी. तुम्हारी आवाज़ में मुझे चाची शब्द 'अम्मी' जैसा
ही लगता है. सरदार को भले तुम 'बाबा' बुलाओ'. सुरजीत ने तर्क देकर अपने
ढंग से गुलशन को मना लिया. कारण था... जो दिल में डर बनकर समा गया था.
डर यही था ...

कभी न कभी तो हालात बदलेंगे, समय बदलेगा और खून अपना रंग दिखाएगा.
अगर ऐसा हुआ तो गुलशन फिर से ज़रीना बानो के घर का गुलशन बनी, तो वह
यक़ीनन खिज़ां के सूखे पतों की तरह चरमरा जाएगी.

और फिर मौसमों की तरह दिन, महीने साल बीतने लगे. तीन साल के बाद
गुलशन के बाबा परलोक पधारे और सुरजीत ने गुलशन की सिसकियों को सीने
में संजोया, उसे दुगना प्यार दुलार देकर वह गुरु की शरण में आन बसी. गुरुद्वारे
को दूसरा घर बना लिया. दिन रात दिन की सेवा उसकी आराधना बन गई. यह
देखकर पंचों ने गुरुद्वारे में ही उसे एक कमरा दे दिया, जहां दोनो माँ-बेटी
मुनासिब महफ़ूज़ियत के साथ जीवन जीने लगीं. जीवन की धूप-छाँव के सायेदार

पलों के बीच गुलशन भी अब बचपन से जवानी के चौखट पर आ खड़ी हुई. सोलह साल की होते ही कॉलेज में दाखिला पा ली थी.

और एक दिन अचानक ...

ज़रीना बानो का खत सुरजीत कौर के नाम गुरुद्वारे के पते पर मिला कि वह उससे मिलने कुछ सिखों के साथ उसी गुरुद्वारे में आ रही है. सुरजीत की सेवाओं की महक किसी हद की मोहताज न थी. और अक्सर उसकी चर्चा अमृतसर के उस गुरुद्वारे के साथ जुड़ी रहती. ज़रीना बानो का दिल गवाही देता रहा कि यही उसकी गुलशन बानो की माँ है.

भूतकाल के गलियारों से होती हुई सुरजीत कौर की यादों की परछाइयां उसे वर्तमान में ले आईं. जरीना बानो की आवाज़ एक खुशनुमा खबर की तरह हवा की तरंग बनकर लहरा रही थी. वह उठकर खाट पर बैठी और ज़रीना बानो की ओर भीगी पलकों से देखती रही.

ज़रीना बानो ने एक शोख मुस्कान के साथ खाने की ओर इशारा किया तो सुरजीत को जैसे होश आया.

'गुलशन बेटी रोटी तो ले आई हो पर दाल भीतर ही भूल आई हो. क्या अपनी आपा को रूखी रोटी परोस दोगी?' कहते हुए सुरजीत कौर अपनी खाट से उठकर ज़रीना के बगल में बैठ गई.

'अरी दइया...' कहते हुए गुलशन कौर रसोईघर की तरफ भागी.

'सुरजीत अब चलो, अब निवाले अदला-बदली करो और जश्न मुबारक को अंजाम दो.' कहते हुए ज़रीना बानो ने पहला निवाला दाल रोटी का गुलशन कौर के मुंह में दिया और दूसरा सुरजीत कौर के मुंह में डाला. सुरजीत कौर और गुलशन ने भी वही रस्म निभाई. इस खुशी के सामने दर्द की लंबी चौड़ी फ़सीलें बौनी हो गईं. सभी के चहरों पर मधुर मुस्कान टहलने लगी.

'अरी सुरजीत एक बात तो बता, जितना सुंदर नाम 'गुलशन कौर' तूने इसका रखा है उसके सामने तो इसका हुस्न भी फीका पड़ रहा है.'

'हां ज़रीना बेगम, इस पार के गुलशन का रंग उस पार की गुलशन के हुस्न के सामने फीका ही पड़ना है. उस पार के इस गुलशन की खुशबू मेरी सांसो में कुछ यूं बसी है कि अब लगता है कि इसके बिना भी क्या कोई जीवन होगा?' और वह अपनी कही हुई बात का रंग ज़रीना बानो की आंखों में देखना चाह रही थी.

'भाग्यशाली हो सुरजीत कौर, इस की परवरिश में तुमने अपने वाहगुरु की कल-कल बहती गुरबाणी भी घोल दी है. हाँ गुलशन कौर सच में तेरे आंगन का फूल है, जो हर मज़हब से परे सच की पनाह में पनप रहा है.' कहकर ज़रीना आपा ने गुलशन कौर के सर पर स्नेह से हाथ फेरा.

'जरीना बानो ... मैं ... मैं ... ' कहकर सुरजीत रूआंसी हो गई.

'अरे जश्ने मुबारक के बाद ये आँसू नहीं सुहाते पगली. यही वाहगुरु तुम्हारा मालिक है. मैं अगले हफ्ते 'सरताज' की पनाह में चली जाऊंगी. तुम गुलशन कौर के साथ, खुश रहो आबाद रहो.' कहकर ज़रीना बानो ने सुरजीत को गले लगा लिया.

'दादी जान... आप कुछ दिन और रुक जाएँ हमारे पास...' गुलशन कौर के इस कोमल सम्बोधन ने ज़रीना बानो को गद्गद् कर दिया. उस सम्बोधन में संबंधों की महक थी, और अपनाइयत का अहसास था, जिसे वह जीना चाहती थी, संजोना चाहती थी.

उससे अब रहा न गया. अपनी खटिया से उठकर गुलशन कौर को गले लगा लिया कुछ ऐसे जैसे कोई लहर किनारा छूने के लिए आमद थी. गुलशन भी अपने दादी आपा के गले में बेल की मानिंद लिपट गई, पता ही न चला कि लहर किनारे से मिल रही है या किनारा लहर से.

'मैं बहुत खुश हूँ कि विभाजन देशों का हुआ है, दिलों की लकीरें अब भी जुड़ी हुई हैं.' कहते हुए सुरजीत कौर ने आगे बढ़ाकर दोनों को अपनी बाहों में समेट लिया.

जंग जारी है

क़ैदी के लिए आज़ादी का हुक़्म जारी किया गया.

क़ैदख़ाने के उस पार की सलाखों के भीतर वह अपनी ही सोच के जंगल में घूम रहा था. पिछले नौ सालों से यहाँ रहते रहते वह उस कोठरी को अपना घर समझने लगा, वही स्थान जितना स्थायी था उतना ही अस्थिर.

'क़ैदी तुम्हारे लिए आदेश आ गया है!'

'कैसा आदेश?' क़ैदख़ाने की सलाखों के इस पार खड़े कोतवाल की ओर बिना देखे उसने जानना चाहा.

'तुम्हारी रिहाई का!'

'क्यों क्या मेरी सज़ा की मुद्दत पूरी हो गई है?' क़ैदी की फटी हुई आँखें अब कोतवाल के चेहरे का मुआइना लेते हुए उसके चेहरे पर गढ़ गईं.

'नहीं अब देश आज़ाद हो गया है!'

और वह लगभग चीखती हुई आवाज़ में दोहराने लगा ...'देश आज़ाद हो गया, आख़िर देश आज़ाद हो ही गया.' और सलाखों के भीतर खड़े-खड़े जोश में चक्कर लगाते हुए खुशी से ताली बजाकर नारे लगाता रहा.

आज़ादी तो उसे मिलनी ही थी, देश की आज़ादी के साथ. इसी लड़ाई के लिए तो वे लड़े थे, एक नहीं, दो नहीं, हज़ारों, लाखों, सैकड़ों देश प्रेमी. यह उनकी ही कुरबानियों का नतीजा था, उन जां-बाज़ सिपाहियों के अथक कोशिशों का

परिणाम था जो आज यह ख़ुशख़बरी उसे मिली है, और तोहफ़े के रूप में मिली है उसे अपनी आज़ादी!
'तुम्हें अपनी चीज़ों की शिनाख़्त के लिए दो घंटे बाद ऑफ़िस में हाज़िर होना है और फिर तुम जहां चाहो जा सकते हो.'

वह अपने अतीत की संकरी गलियों से होता हुआ, मेन रोड की दाईं तरफ़ वाली कतार में बने घरों में, घर नंबर 11 की ओर टकटकी बांधे खड़ा हो गया. घर बड़ा नहीं, छोटा सा ही था. एक कमरा, छोटा सा चबूतरा खाना बनाने के लिए, गुसलखाना और छोटा सा खुला आँगन, जिसमें एक मोरी थी. वहीं बर्तन और कपड़े धुलते थे. घर की तरह परिवार भी छोटा सा ही था- पत्नी सरस्वती, तीन साल का बेटा राहुल. क्रांतिकारी प्रवर्ति में सहजता के साथ-साथ सरस्वती पत्नी-धर्म की राह पर हमसफ़र बनकर अपना फर्ज़ बखूबी निभाती रही. देश द्रोहियों को देश नेकाली और देश वासियों को उनकी आज़ादी मिले -यही तो लक्ष्य था कमलकान्त सहाय के गिरोह का, जिसमें वे एक जुट होकर के अपनी सेवाएँ कार्यों में अर्पित करते थे. उसकी सहधर्मी होने के नाते सरस्वती कभी चार पाँच सदस्यों का खाना बना देती, कभी उनके कपड़े धोकर, सुखाकर उन्हें पहुँचाती, जब भी उनका पड़ाव उस इलाके में होता. जीवन का ध्येय सभी का एक ही था- देश को आज़ाद करवाना!

आज उसे रिहा किया जाएगा! आज़ाद देश का आज़ाद नागरिक जहां चाहे जा सकता है. पर वह कहाँ जा सकता है? नौ साल का अरसा लम्बा होता है, ज़िंदगी का एक भाग. जब और क्रांतिकार्यों के साथ उसे गिरफ़्तार किया गया था तब वह

घर पर ही था. दस्तक देकर, दोनों हाथ हथकड़ियों में जकड़कर जब कोतवाल उसे ले जाने लगे, तब तीन साल का राहुल दोनों हाथ फैलाकर उसकी ओर अपने नन्हें पाँव बढ़ाने लगा. पर ज़ंजीरें कहाँ ढीली होती हैं, कहाँ फ़ासलों को तय कर पाती हैं? वह भी एक क़ैदी की? वह न अपने बच्चे को सहला सका, न चूम सका, न उसे अपने आगोश में ले पाया. सरस्वती की आंसुओं से तर आँखों में वह सिर्फ़ आशा निराशा के बीच में लटकी हुई तस्वीर बन गया, अपने ही कहे-अनकहे शब्दों का क़ैदी.

एक दिन पहले ही तो पत्नी ने पूछा था -'तो क्या जब हम आज़ाद होंगे, तब हमें कोई तकलीफ़, कोई परेशानी नहीं होगी? क्या हमारे नए नेता हमारे माई-बाप बनकर हमारी जरूरतें पूरी करेंगे? हमें कपड़ा, अनाज और बच्चों को शिक्षा की सुविधा दे पाएंगे?'

'हाँ, हाँ ... तब वह सब कुछ मिलेगा जिसकी तुम कल्पना भी नहीं कर सकती. सभी बेरोज़गारों को काम, ग़रीबों को उनकी परिस्थिति अनुसार सुविधाएं और जरूरतमंदों को आवश्यकता अनुसार मुफ़्त दवा-दारू, मुफ़्त तालीम, और मुफ़्त में उनके झगड़े-फ़सादों को भी निपटाया जाएगा. आज़ाद देश का हर आज़ाद आदमी ख़ुशहाल होगा.'

'मुझे विश्वास नहीं हो रहा है ऐसा कुछ होगा. एक सपना सा लग रहा है.' पत्नी के कहे शब्द उसे याद हो आए.

'सपनों को हक़ीक़त में बदलने के प्रयास में ही तो हम आगे बढ़ रहे हैं. अब क़दम पीछे नहीं हटेंगे जब तक मुक़ाम नहीं मिलेगा.' कमलकान्त ने जोश भरे शब्दों में कहा था.

और उसी समय दस्तक हुई, हथेलियाँ हथकड़ियों में जकड़ी गईं और जैसे कोई बेरहम शिकारी अपने शिकार को ले जाता है कुछ ऐसी ही स्थिति में कमलकांत को ले जाया गया.

सरस्वती सपने और हक़ीक़त के फ़ासले का गणित जोड़ रही थी. उम्मीदों की नाज़ुक टहनियाँ तूफ़ानी हवाओं से क्षतिग्रस्त होती हुई दिखाई दीं. कुछ कहने, करने की दूजी राह न सूझी, तो वह कोतवाल के सामने हाथ जोड़कर गिड़गिड़ाते हुए कहने लगी - 'मुझे भी इनके साथ क़ैदी बनाकर ले चलो, मैं वहीं अपना जीवन बिता लूंगी. यहाँ अकेली रह गई तो जी नहीं पाऊँगी.'

'तुम्हें इसके बारे में सोचने की ज़रूरत नहीं. तुम्हें अकेले कैसे कोई रहने देगा? आस-पास में ही हमारी कोतवाली है. इतने सारे कोतवाल है, एक न एक तुम्हारी मदद को आएगा, इस बात का वादा रहा. यहा देश द्रोही है, इसे तो सलाखों के पीछे रहना होगा ... तुम ... तुम ...'

'थू..थू..थू करती हूँ तुम्हारे मुंह पर, लानत है तुम्हारी सोच पर जो देश के रखवाले होकर भक्षकों जैसी बातें कर रहे हो. मेरा सतीत्व मेरी ताक़त है, मेरा पति मेरा मालिक! और तुम सरकार के पालतू कुत्ते!'

सरस्वती की आँखों से अविरल आँसू बहे जा रहे थे. वह जाते हुए कमलकांत को निहारती रही जब तक वह उसकी नज़रों से विलीन न हुआ. उसकी आँखों में जैसे खून उतर आया था. जो सपना आँखों ने सजाया वह टूट गया, सभी कल्पनाएँ हक़ीक़तों से टकराकर चूर चूर हो गईं - यह कैसा देश है जहां भारत के मक्कार लोग अंगेज़ों के तलुवे चाटते फिरते हैं, अपनी धरती को तिरस्कृत करते हैं, धरती की मर्यादा के भक्षक बनकर उसके आँचल को दाग़दार करने पर तुले रहते हैं? ऐसे कई सवाल उसकी सोच के खाली दामन को भरते गए. वह सन्नाटों को चीरने की कोशिश में बड़बड़ाती रही जैसे किसी सदमे के तहत इज़हार हुआ जा रहा

हो. आज़ाद हिन्दोस्तान! न कोई अमीर, न ग़रीब. हर एक की ज़रूरत पूरी होगी, मुफ़्त दवा-दारू, मुफ़्त तालीम, और मुफ़्त में इन्साफ!

बस वक़्त ने करवट बदली, जो कुछ उसके पास था, सब कुछ लुट गया. उसे लगा जैसे वह एक नहीं अनेक ज़ंजीरों से जकड़ी गई थी. मुफ़लिसी की ज़ंजीर, भूख की जंज़ीर, हवस की ज़ंजीर, साँसों की ज़ंजीर! ज़ंजीरों की क़बा में वह घुटन भरे माहौल में जीने के लिए मजबूर हुई थी.

अपने दोनों खाली हाथों की मुट्ठियों को भींच कर उसने देखा, दोनों हाथों में दुल्हन की चूड़ियों की बजाय लोहे से भी कड़ी अनदेखी ज़ंजीरें थीं. उसने अपने नीचे के होंट को दांतों के बीच इतना ज़ोर से दबाया कि होंठ लाली से रंग गए.

और वक़्त, काल चक्र के दायरे में घूमता रहा ... दो साल साल भी नहीं गुज़रे कि वह सरस्वती न रहकर, एक बदनाम, बदचलन, पागल आवारा औरत के नाम से जानी जाने लगी. बच्चा पोलीस ने हिरासत में ले लिया गया. पागल औरत परवरिश के काबिल नहीं होती, यही सबब बन गया.

कमलकान्त को अपना नाम तक याद न रहा, बस क़ैदी न° 9 उसकी पहचान बन गई. जेल की कोठरी न° 9 उसका आवास बन गई. वहीं उसे सुकून मिलता और उसी गुमसुम माहौल में वह पड़ा पड़ा सोचता था कि सरस्वती पर क्या गुज़री होगी? कैसे अकेली जान उन भूखे भेड़ियों और दलालों की दुनिया में जीती होगी? होगी भी या नहीं? न उसे बाहर की दुनिया की कोई ख़बर देता, न वह अपनी ओर से कोई ख़बर घर भेज पाता. हर हाल से बेख़बर वह जी रहा थाऔर आज नौ साल बाद उसे आज़ादी बख्शी गई है, हाथ पैर खुले कर दिये गए हैं, कोई ज़ंजीर जकड़ने के लिए अब नहीं रही. फ़क़त सोच की अनगिनत ज़ंजीरें उसे याद के

खंडहरों की ओर धकेल कर ले जा रही थीं. उसके घर के तरफ़, अपने परिवार की तरफ़.

घर तो घरवालों से होता है, अब तो राहुल बारह साल का हो गया होगा? और सरस्वती? सरस्वती की याद आते ही उसकी सांसें महकने लगती. वह आँखें मूंदकर जैसे उस महक को अपने भीतर भर लेता. दौड़ते हुए बच्चे के नन्हें पावों की पदचाप उसके ज़हन में बची हुई याद की परछाइयों को और ज़्यादा सायेदार बनाने लगीं. अतीत उसके आज से जुड़ने लगा. मुझे विश्वास नहीं हो रहा है ऐसा कुछ होगा. एक सपना सा लग रहा है. पत्नी के कहे शब्द उसे याद हो आए. 'हाँ, हाँ वह सब कुछ मिलेगा जिसकी तुम कल्पना भी नहीं कर सकती. सभी बेरोज़गारों को काम, ग़रीबों को उनकी परिस्थिति अनुसार सुविधाएं और जरूरतमंदों को आवश्यकता अनुसार मुफ़्त दवा-दारू, मुफ़्त तालीम, और मुफ़्त में उनके झगड़े-फ़सादों को भी निपटाया जाएगा. आज़ाद देश का हर आज़ाद आदमी ख़ुशहाल होगा.' यही तो उसने भी उसे सांत्वना देते हुए कहा था.

इसी खयाल में डूबा, जेल की चारदीवारी से बाहर आते ही जो रास्ता सामने मिला वह उसी पर क़दम बढ़ाता रहा. सब कुछ बेगाना सा, अनजाना सा लगा. न दिशा का ध्यान रहा, न अपनी दशा का! बस कड़ी धूप के साए में बे-मक़सद ही चलता रहा. अचानक ठोकर खाकर गिरने को था कि एक राहगीर ने उसे थामा और सहारा देते हुए पास ही एक दरख़्त की छाँव तले बिताया. 'भैया लगता है लम्बा सफ़र करते आए हो, थके हुए हो, पानी पीकर थोड़ा आराम कर लो, फिर आगे बढ़ना.' और वह अपनी राह चल दिया. दरख़्त की छाँव तले कब कमलकांत की आँख लग गई पता नहीं, पर अचानक एक चीख़ती हुई आवाज़ ने उसे जगा दिया. 'लड़ाई हो रही है, आज़ादी के लिए लड़ाई लड़ी जा रही है. बारूदी बम बरस रहे हैं, घर जलकर राख हो रहे हैं, फ़स्लें तबाह हो रही हैं. लोगों में तहलका मचा हुआ

है, लाशें बिछ रही हैं, भूख प्यास से आदमी मर रहे हैं. उठो ... जागो ... कोई तो उन्हें बचाओ ... उन्हें जीने का हक़ दिलाओ. उनकी ज़रूरतें पूरी करो. मुफ़्त दावा-दारू, मुफ़्त तालीम, मुफ़्त इन्साफ दिलाकर बुराइयों से निजात दिलाओ. उठो! जागो!'

और चौंक कर उठा बैठा कमलकांत. नींद आँखों से रफूचक्कर हो गई. एक रहागीर का दामन थामकर उसने सभ्यता से पूछा - 'भाई यह औरत कौन है?'

'अरे क्या बताएं भाई, एक पागल औरत है. कहते हैं इसके आदमी को क्रांतिकारी मानकर कोतवाली वाले बेड़ियाँ पहना कर ले गए! बस, तब से पागलपन के दौरों ने उसे इस हाल में पहुंचाया है, जहां वह न कुछ समझती है, न जानती है, न किसी को पहचानती है. अगर भूले से कोई उसकी मदद को पहुंचे तो वह उसे काट खाने को दौड़ती है, उसे अपने लम्बे नाखूनों से लहूलुहान कर देती है.'

वह औरत अपने नारे समाप्त करके शायद थकान मिटाने के लिए ही उसी पेड़ तले ठहर गई. फिर जाने उसे क्या सूझा कमलकान्त को, उठकर उसके पास आया और नर्म लहज़े में कहा 'अब जंग ख़त्म हो गई है!' कहते उसकी आँखों से अविरल आंसुओं की धारा बहने लगी और आँखों के कोने सिकुड़ने लगे.

औरत ने सर ऊपर उठाया और एक लम्बी चिंता मुक्त सांस ली, शायद राहत महसूस की - जैसे सचमुच ही जंग ख़त्म हो गई थी.

'अब ज़ंजीरों से मुक्ति मिलेगी, मुफ़लिसी की ज़ंजीर, भूख की ज़ंजीर, हवस की ज़ंजीर, साँसों की ज़ंजीर, मतलब हर घुटन भरी ज़ंजीर से रिहाई!' वह बड़बड़ाई. उसने कमलकांत की ओर देखते हुए कहा - 'क्या आज़ाद देश में भी ये ज़ंजीरें बाक़ी रहेंगी?' जैसे उसे कुछ याद हो आया ... उसके दोनों हाथों की चूड़ियाँ तोड़ दी गई थी, उसकी मांग से सिंदूर पोंछा गया था ... उसे विधवा करार किया गया ... और उसके बाद यही ज़ंजीरें उसे जकड़ती रहीं.

मुफ़लिसी की ज़ंजीरें, भूख की ज़ंजीरें, साँसों की ज़ंजीरें! और वह बदनाम, बदचलन, आवारा औरत बन गई. उसने अपने दोनों सूने खाली हाथों को मुट्ठियों में भींचकर कमलकान्त के सामने फैलाया.

कमलकांत ने न जाने क्या सोचकर, उस औरत के सर पर अपने दोनों हाथ रख दिये, अपनी आंसुओं की धार से उसकी मांग के हर दाग़ को धो दिया. धीरे से सहारा देकर उसे उठाया, भुजाओं का सहारा देते हुए उसे अपने साथ खड़ा किया ... फिर उसकी आँखों में यूं देखा जैसे वह उसकी आँखों से गले मिल रहा हो. देश की आज़ादी की खुशी में एक आलिंगन.

फिर जाने क्या हुआ, जैसे मौसम बदला. पागल औरत अपने ही इर्द-गिर्द घूमते हुए खुशी से तालियाँ बजाने लगी - जैसे हवाएँ झूम उठी हों, फूल खिलखिलाने लगे, तितलियाँ उड़ान भरने लगीं हों. और वह फ़िज़ाओं के साथ सुर ताल मिलाते हुए बोल उठी -'अब जंग ख़त्म हो गई है, देश आज़ाद हो गया है. अब कोई ज़ंजीर बाक़ी नहीं! आज़ाद देश में सभी बेरोज़गारों को काम, ग़रीबों को सुविधाएं, मुफ़्त दवा-दारू, मुफ़्त तालीम, और मुफ़्त न्याय मिलेगा. आज़ाद देश का हर आज़ाद आदमी ख़ुशहाल होगा.'

मुक्त हवाओं में दो साथी, आज़ादी के सलीब को ढोकर, क़दम-दर-क़दम अनजानी दिशा की ओर निरंतर बढ़ते रहे. आगे! और आगे!

पैबंद

वह पेड़ की घनी छाँव तले एक फटे पुराने टाट के बिछावन पर अपना आसन लगाए बैठा हुआ पाया जाता. न सिर्फ ग्रीष्म ऋतु की कड़कती धूप में एक पुराने छाते की छत्रछाया में बैठा हुआ, पर थरथराती ठंड में भी वही बरसों पुराना लिहाफ़ ओढ़ कर अपने काम में मग्न रहता था. काम की परिभाषा उसके सामने बिच्छे पुराने जूतों और चप्पलों का ढेर करता ... सब कुछ पुराना, उसके लिहाफ की तरह, नया कुछ भी नही. वह जूतों और चप्पलों को कभी तो सुई धागे से सी लेता, कभी कील ठोक-ठोककर जोड़ता, कभी चमड़े के पैबंद लगा-लगा कर उन पुरानी चप्पलों को, तो कभी जूतों को पॉलिश करके चमका दिया करता. सब कुछ सीते हुए, जोड़ते हुए भी वह किसी तरह गुज़ारा तो कर लिया करता, बस अपनी किस्मत न बदल पाया, न चमका पाया. कभी ध्रुव तारा नहीं बन पाया.
मोची का काम करते करते दीनदायल जवानी से अधेड़ उम्र की दहलीज़ पर आ गया था. वह मोची था, पुरुखों के इस काम के सिवा ज़िंदगी में वह और कुछ भी न कर पाया, न बन पाया: न अच्छा पति, न अच्छा पिता. जीने के लिए वह परिवार को अपनी सीमित कमाई से मिली रूखी-सूखी रोटी और तन ढकने को लिए नाम मात्र के वस्त्रों के सिवाय कुछ भी नहीं दे पाया था.

वैसे जीवन भी तो एक पैरहन ही है, पहन लिया सो पहन लिया. पहले नया फिर पुराना, और गर उसपर दाग-धब्बे लग भी जांय तो भी उनके साथ ही जीना पड़ता है. खैर उसके दामन पर खून के छींटे तो नहीं थे, पर दिन-रात के परिश्रम की

पूंजी थी पसीना जो वह खूब बहाता - गर्मी हो चाहे सर्दी का मौसम, दिन हो चाहे रात, उसके पास यही एक टक्साल थी, जीने का साधन, सहारा! परिवर्तन क्या होता है वह कैसे जानता? सुबह सवेरे उठता, दांतुन-कुल्ला करता, गुड़ वाली गरम चाय पीता, और उसी पुराने कुर्ते की फटी हुई जेब में हाथ डालता और चेहरे पर निराशा की झुर्रियां गहरी होने के पहले हाथ निकाल लेता. आशाओं से जीवन में उजाले भर जाते हैं, पर जेब भी तो भरी होनी चाहिए. शायद पैसे की चमक भी एक कारण है रिश्तों की नीव पुख्ता करने के लिए, उन्हें बनाए रखने के लिए और सबसे महत्वपूर्ण है अपने आप से जुड़े रहने के लिए. वर्ना विपरीत सोचें रिश्तों की दीवारों में भी दरारों का कारण बन जाती हैं.

अपनी सोच का सिमटाव करते हुए बिना गर्दन उठाए अपने घर के दरवाज़े पर लटके मैले पुराने पटसन के पर्दे को सरकाते हुए दीनदयाल बाहर निकल आता. घर की दहलीज़ के बाहर अपनी पुरानी चप्पल जो कई स्थानों से जोड़ी गई थी, पावों में खिसकाता हुआ धीरे-धीरे आगे की ओर बढ़ता. उसके चलने से यह नहीं जाना जा सकता था कि चप्पल चलने में उसका सहकार दे रही है या वह चप्पल को अपने पावों के आधार पर साथ निभाने में मदद कर रहा था.

वह नज़र उठाकर घर के सामने बरगद के पेड़ की तनों पर लटकती अपनी छतरी को देखता, जो कई मौसमों से उसकी जर्जरता का साथ निभाती आ रही है. धूप में तो फिर भी वह साथ दे देती, पर बारिश के थपेड़ों से वह खुद भी दोहरी सी हो जाती. हवा के रुख के साथ उनके थपेड़ों की बेरहमियां सहती, यहाँ वहाँ डोलते हुए डांवाडोल होती. वह हाथ बढ़ाकर उसे ज़मीन में लगे एक गोलाकार लोहे के पाइप में घुसेड़ देता और पटसन बिछाकर अपने कार्य का श्री गणेश करता.

बाहर तेज़ बारिश का घनघोर शोर और छाते के नीचे हल्की सी बूंदाबूंदी उसके तन-मन को ठंडक का अहसास देने से न चूकती. आज भी मूसलाधार बारिश का ऐसा ही एक दिन है. कभी-कभी अच्छे मौसम में अच्छे दिन भी लौट आते हैं . वह ताट पर बैठे-बैठे राह में आते-जाते पथिकों के पाँवों को देखता, उन्हें पॉलिश करने वाला ब्रश दिखा-दिखा कर निमंत्रण देता कि आओ! मैं तुम्हारे जूते चमका दूँ! पुरानी चप्पलों व जूतों को नया कर दूँ. और उसे जानने वाले लोग भी कुछ पल रुककर उसका हाल पूछते, उससे पॉलिश करवा लेते, कभी पुराने जूते बनवाने के लिए छोड़ जाते. अक्सर वे उसे 'दीनू काका' कहकर संबोधित करते और 'राम राम काका' करते हुए उसे काम दे जाते. काम का मिलना शुभ संकेत - यानि लक्ष्मी का आगमन.

बस उसका दिन अच्छा गुज़र जाता, और जेब भी सिक्कों के वज़न से कुछ भारी हो जाती. जिस दिन ऐसा होता तो वह दुपहर को घर से लाई साग-रोटी की पोटली खोलता, रूखी सूखी रोटी स्वाद लेकर खाता और पानी पीते हुए अपना अंगोछा झटक कर उठ खड़ा होता, ऐसे जैसे किसी बड़े काम को अंजाम देकर उठा हो. सुस्त पाँवों में चुस्ती आ जाती, अपनी राजगद्दी से उतरकर वह सामने लगी एक पान-बीड़ी की दुकान से सस्ती बीड़ियों का एक बंडल ख़रीदता, पर माचिस न लेता. किसी और आदमी की सुलगाई हुई बीड़ी से अपनी बीड़ी सुलगा लेता. यह भी बचत करने का उसका एक ढंग था, वह जनता था बूंद-बूंद सागर बन जाता है.

लौट कर अपने सामने धरे हुए अधूरे काम पूरे करता और शाम ढलने के पहले सब कुछ एक थैली में बंद करके, उसे कंधों पर ढोता हुआ घर के आँगन में ला पटकता.

इतने बरसों के परिश्रम के बाद भी वह न अपनी किस्मत को चमकता हुआ देख पाया, और न उसे अपने बच्चों के भविष्य का कोई रौशन सितारा दिखाई दिया. मायूसी उसे घेरने लगी थी, इसका एक और भी कारण था इसीलिए वह अपनी पत्नी से नज़र मिलने में भी कतराता था. वह भी क्या करती? पुराने-चीथड़ों में खुद को ढकने की कोशिश करते-करते तंग आ चुकी थी. दिन रात दीनदायल के सामने अपनी दरिद्रता के रोने रोती, ज़िंदगी को कोसती - 'हे भगवान यूं ज़िन्दा रहने से तो अच्छा है कि मैं मर जाती. मेरे होने न होने से क्या होता है, बिन माँ के बच्चे भी तो पल ही जाएंगे.' वैसे भी वह अपनी तीनों बच्चों को रूखी सूखी रोटी, मिर्च के आचार के सिवा क्या दे पाई? पति की लाचारी से कभी-कभी ऊब कर वह उलाहना देती थी –'इस जीवन से तो मौत बेहतर है'.

दीनदयाल की नज़रों के सामने थी चरमराती पुरानी झोंपड़ी, उसमें अस्त-व्यस्त बिच्छे फटे-पुराने बिस्तरे, मैली चादरें, तकियों के नाम पर गोलदार कपड़ों की पोटलियाँ. सोच के तानों-बानों से बुने सपनों की धज्जियाँ उसकी आँखों के सामने गुरबत से सजी हुई ज़िंदगी के रूप में दिखाई देती. जब कभी वह अपनी बिखरी हुई गरीबी की नुमाइश को झेलते हुए अपनी पत्नी को देखता तो उसके मन की कोई न कोई गांठ खुल जाती, जहाँ उसने न जाने कितनी आशाएँ पाल रखी, उम्मीदों की कितनी पोटलियाँ बांध रखीं हैं. अपने आँख के तारों के लिए वह सुंदर, सुखद भविष्य के लिए सपने ज़रूर देखता, वही जो हर माता-पिता अपने बच्चों के भविष्य के लिए देखा करते है. वह भी अपने बेटे रजत और बेटी रमणिका के लिए देखता, लेकिन उनके जीवन में खुशहाली लाने के लिए वही करता जो उसके बस में था. सुनयना को तो वह बचा भी न पाया. वह उनका जन्मदाता तो था पर भाग्य विधाता न बन पाया.

अक्सर वह सोचता, अगर जीवन में यह परिवार नाम की संस्था न होती तो शायद वह खालीपन की खलाओं में खो जाता. संपूर्णता तो परिवार के होने में है, जो उसके सामने पनप रही थी, पर फली-फूली नहीं. कुछ भी तो नहीं कर पाता था, सिर्फ पुरानी जर्जरता को पैबंध लगाने के सिवा.

आदमी कभी अकेला नहीं होता, दीनदायल भी न था. घर परिवार के नाम पर दो बेटियाँ और एक बेटा था-उम्र, 12, 10 और 7 साल. जीवन में अगर ठहराव हो तो गरीबी में भी ज़िंदगी खूबसूरत जान पड़ती है, पर इस पुश्तैनी काम ने तो उससे उम्र के अनेक साल ले लिए, और बदले में दी गरीबी और गरीबी. और ज्यादा गरीबी! बेरहम ज़िंदगी ने बहुत कम दिया और बहुत ज़्यादा छीन लिया. पेट भर रोटी तक अपने परिवार के लिए नहीं कमा पाया. बच्चों को बेहतर ज़िंदगी देने का उसका सपना तो सपना बनकर भी न रह पाया, बस काँच की तरह टूटकर चूर-चूर हो गया. बच्चों की आशाओं-निराशाओं की नैया उसके अश्कों के समंदर में हिलती-डुलती, हिचकौले खाती हुई मुफ़लिसी की भँवर में धँसती दिखाई दे रही थी.

सूली पर लटकी हुई थी रामकली, दो बेटियों की माँ जो थी. सोचा करती थी, बहुत सोचा करती थी और रामदयाल से भी अक्सर इस बात पर उलझ पड़ती थी कि सुनयना का बारहवाँ वर्ष शुरू हो चुका था. वैसे भी लड़कियां जब सयानी होती हैं तो माँ बाप की नींद हराम हो जाती है. बहारों में भी उन्हें ख़िज़ाँ की आहट सुनाई पड़ती है. हाँ, उनके पास और कुछ हो न हो, उनकी अपनी ज़िंदगी तो है दांव पर लगाने के लिए.

पर ज़िंदगी की सच्चाइयाँ कुछ और होती हैं. किस्मत पर आश्रित होना या अधीन होना तो हाथ पर हाथ धरकर बैठने जैसा है. वह जब से इस घर में ब्याह कर आई, यही ज़िंदगी उसका नसीब बन गई. घर की सुख शांति और चैन बनाए रखने के लिए उसका पति अपने पुश्तैनी काम में दिन की कड़ी धूप में पसीना बहाता और वह घर ग्रहस्त को संभालते-संभालते अपनी जवानी को ढलते देखती रही है जिसका ज़ामिन सिर्फ व सिर्फ आईना था.

उसे निश्चित रूप से मालूम था कि ज़िंदगी क़दम-क़दम पर अपनी क़ीमत वसूल करती है. बहुत सोच-समझ कर रामकली ने गाँव की पाठशाला में दोनों बेटियों को दाखिल करवा लिया और खुद भी पाठशाला में अपनी सेवाएँ देने के लिए मंजूरी पा ली. पैसे न दे पाने की सूरत में कुछ न कुछ तो देना होता है. पैसे न दे पाई, सेवाएँ दी. यही सोच कर तसल्ली कर ली कि तालीम फिजूलखर्ची नहीं जमा पूंजी है. आज बेटियाँ पढ़ लिख जाएंगी तो ज़िंदगी संवर जाएगी, गरीबी रेखा के पार की रौशन राहें एक दिन उनका स्वागत करेंगी.

पर राहें कहाँ आसान होती हैं. यह राह भी खुरदरी, व काँटों भरी साबित हुई. रामकली सुबह घर का सारा काम निबटा कर दुपहर के समय अपनी लड़कियों के साथ पाठशाला जाती, उन्हें अपनी अपनी कक्षाओं में छोड़कर साफ़-सफ़ाई के काम में लग जाती, बाथरूम धोती, कक्षाओं की मेज़-कुर्सियाँ ढंग से रखती और शाम ढले अपनी बेटियों को साथ लेकर घर आती. उसे बड़ी संतुष्टी होती कि वह अपनी बेटियों को अपनी ही निगरानी में फलते फूलते देख रही है. कभी कभार रामदयाल विद्रोही बनकर उन्हें इस तरह हर रोज़ घर के बाहर जाने पर पाबंदी लगाने की बात करता तो रामकली उसे तर्क देकर चुप करा देती. वह चुप तो हो जाता पर खतरे का राक्षस उसके मन में डेरा जमाये बैठा रहता. जब तक तीनों लौट नहीं आतीं वह सांझ ढले पीड़ के नीचे ही बैठे-बैठे नज़रें उठाकर उस राह

को देखता रहता जब तक वे दूर से आतीं हुई नज़र न आतीं. एक तरह से उसने एक नए दुख को गले लगा लिया, वही दुख जो उसे अपनों से अलग करता रहा, और दिन ब दिन उसे एक अंधेरी खाई में धकेलता रहा.

इन संघर्षों के बीच बड़ी बेटी सुनयना बीमार रहने लगी, न कोई दवा, न दुआ कारगर हुई. बीमारी कब तक साथ देती. आखिर एक दिन सुनयना, तन की पीड़ा से निजात पा ही गई. मगर नाम मात्र की खुशियों में ग़म का पैबंध लगा गई. बेटी रमणिका और बेटे रजत को तो यह भी समझ न थी कि घर का एक सदस्य कम हुआ है, तो क्यों हुआ है? आखों के सामने रहने वाली बहन दोनों की आँखों से दूर होकर जैसे विलूप हो गई.

'माँ सुनयना दीदी कहाँ गई है?' एक दिन रजत ने पूछ ही लिया.

'भगवान के पास!' माँ ने रूखा सा जवाब दिया जिसमें कोई भाव न था. न ग़म का, न रंज का. शायद वक़्त के साथ लोग बदल जाते हैं, उनके जज़्बात बदल जाते है, गर्दिशों से जद्दोजहद करते-करते इन्सान हताश सा होकर हथियार डाल देता है, हार के पहले हार मान लेता है.

'हाँ माँ बहुत दिन हुए वह लौटी नहीं? कब आएगी?' अब रमणिका के सवाल ने सर उठाया. उनके हर मासूम सवाल ने कई छोटे छोटे सवालों को सामने लाकर खड़ा कर दिया. उन्हीं सवालों का जवाब देते-देते रामकली व दीनदायल को कुछ यूं आभास हुआ कि ज़िंदगी ने उन्हें बुरी तरह पछाड़ दिया था. उन्हें लूट लिया था, उन्हें नंगा कर दिया था.

वे दोनों कोई जवाब न दे पाए. खुद सावली निगाहों से एक-दूजे को देखते रहे.

'माँ बताओ ना!' रजत ने इल्तिजा की.

'!'

'माँ बताओ, नहीं तो मैं खाना नहीं खाऊंगा.' रजत ने जैसे जिद्द पकड़ ली.

'वह अब कभी नहीं आएगी!' अपनी सोचों के चक्रव्यूह से निकलते हुए रामकली ने कहा: 'अब चुपचाप जो परोसा है वह खाकर सो जाओ, मुझे चौका साफ़ करना है,' कहते हुए रामकली खुद भी अपने बचाव की राहें खोजने लगती.

अब रामकली की जान छोटी बेटी रमणिका में बस गई. वह उसका साया बन कर उसे अपने साथ पाठशाला ले जाती, साथ ले आती, उसीके साथ सो जाती. जैसे वह उससे जुदा ही न होना चाहती हो. पर किस्मत भी अपनी बाजियों से बाज़ नहीं आती, किसी की मजबूरी नहीं देखती, किसी की ज़रूरत पूरी होने तक नहीं रुकती. एक बेटी का दर्द सीने में दफन ही रहा और दूसरी पर आंच न आए इस लिए वह खुद ही बलि चढ़ गई.

औरत ज़ात को संघर्ष करने की, क़दम आगे बढ़ाने की क़ीमत चुकानी पड़ती है. दिन के उजाले में समाज में यही तो होता आया है जो रात के अँधेरों में भी शायद नहीं होता.

उस मनहूस साँझ ढले रामदयाल आँखें बिछाये रामकली के आने की बाट जोह रहा था कि एक तांगे को उसी राह से आते देखा. तांगा पास आकर रुका और उसमें से लोगों ने उसकी पत्नी रामकली को, नहीं, नहीं ... उसकी लाश को उतारकर दरवाज़े के बाहर ज़मीन पर रखा और 'राम-राम' कहते हुए उसी राह जाने लगे जहाँ से आए थे. अवसर ही नहीं दिया कुछ पूछने का, कुछ जानने का, पर जो देखा उससे यही महसूस किया कि जिस बात का डर लगा रहता था, वही हुआ. रामकली के बदन की अस्त-व्यस्त अवस्था की तर्जुमानी सिर्फ और सिर्फ खामोशियों करती रही. औरत की इज्ज़त एक नगीना होती है जिसकी हिफाज़त जान के साथ करनी पड़ती है और ज़िंदगी एक चादर, जो ओढ़ ली तो ओढ़ ली, फिर उसमें दाग-धब्बे भी लग जाए तो उनके साथ ही जीना पड़ता है. यही मंजूर नहीं था रामकली को. उसने अपनी जानपर खेलकर अपनी अना तो बचा ली पर

जान न बचा पाई. पाठशाला गाँव के चौराहे से दो कोस दूर थी, कौन किसकी आवाज़ सुनता, कौन चीखें सुनकर मदद को आता? आबादियों के बीच बरबादियाँ पनपती हैं, फलती-फूलती है और जब ऐसे हादसे होते हैं तो आबादियाँ भी गूंगी-बहरी बन जाती हैं. बस दरिंदगी के सामने बेबस ममता ने अपना गला घोंट लिया. जाते जाते वह अपने बेटे रजत और बेटी रमणिका को सच में अनाथ कर गई.

दीनदायल का दिल डूबता जा रहा था. उसे लगा वह भी बच्चों के साथ ही अनाथ हो गया था. खुली आँखों से देखे सपने ज़्यादा देर नहीं टिक पाते. जिस तरह सपने हक़ीक़तों से टकराकर धराशायी हो जाते हैं, उसके साथ भी यही हुआ. वह कभी अपने आठ साल के बेटे रजत को भूख से तड़पते देखता तो कभी रमणिका को तपते बुखार में दवा न दिला पाने की पीड़ा के विष को पी लेता.

'बाबा मुझे भूख लगी है, कुछ खाने को दो!' घर में खाली डिब्बों से कुछ खनकते चावल के दानों की कांजी बनाकर वह जब दोनों को देता तब उसकी आँखें सच का गुमान भी नहीं रख पाती, उसकी बेबसी आँखों से आँसू बनकर छलक पड़ती. इसी उधेड़बुन में वह दरवाज़े के बाहर आकर अपने नित नियन के अनुसार अभी अपने स्थान पर आकर टाट पर बैठने को था तो एक सरसराती सिहरन उसकी रगों में प्रवाहमान हुई.

'साईं राम ... काका !' अचानक एक मधुर आवाज़ कानों से टकराई. टकराई नहीं, बस कानों में मिश्री घोल गई. हैरत उसके चेहरे पर हावी थी, हाथ कंपकंपाने लगे, चेहरे की झुर्रियों से जर्जर चेहरे पर धँसी हुई आँखों से देखने की कैसे जुर्रत करता? ता-उम्र उसके सामने जूते रखे गए, फेंके गए, ठोक-ठोक कर रखे गए...

'ऐ इसे पोलिश कर दे, अरे ज़रा दो टांके तो मार दे कमबख़्त को, इसके तेवर भी किसी नाजनीन से कम नहीं!'

दीनदायल समझ कर भी नासमझ बना रहता. जानता था आखिरी शब्द उसकी पत्नी रामकली जो घूँघट ओढ़े हुए पास में बैठे रहा करती, उसी को देखकर कहे गए होते, जिसके गोरे नंगे पाँव उसके पुराने घाघरे से अपने सौंदर्य का परिचय दे रहे होते. पर आज यह सब सोचने का कोई अर्थ नहीं था. वह न रही, न किसी बात का डर रहा.

बस उस मधुर आवाज़ की मालिका को देखने की ललक उभर आई, इच्छा पूर्ति के लिए आँखें उठाईं. उसकी आँखें उठी तो उठी ही रह गईं ... सामने जैसे सुनयना का रूप, स्वरूप लिए एक बालिका अपनी फटी हुई चप्पल की मरमत के लिए मुन्तज़िर खड़ी थी. हड़बड़ाहट में बिना कुछ सोचे समझे उसने उसकी कीमती चप्पल को ठीक किया और अपनी पुराने मैले कुर्ते से पोंछ कर लड़की के पाँव के पास रख दी. लड़की की आँखों में स्नेह के साथ शुक्रगुजारी की भावना भी स्पष्ट झलक रही थी. उसने अपने पर्स से सौ का नोट निकाल कर दीनदायल के हाथ में देते हुए कहा, 'काका इसे रख लो ... अपने बच्चों को मिठाई लेकर देना, आज मैं इम्तिहान में पास हो गई हूँ.' और अपने नाजुक पावों में वही सिली हुई चप्पल पहनकर कदम आगे की ओर बढ़ाती चली गई.

और दीनदायल को लगा कि रजत और रमणिका की बड़ी बहन सुनयना अपने भाई बहन के लिए स्नेह की मिठास घोल गई. आज उसे महसूस हुआ कि खुशियाँ तो बिना दस्तक दिये आती है, कुछ पल के लिए ही सही, और ग़म की रज़ाई में खुशियों में का पैबंध लगा जाती है. शायद बीते कई सालों में उसने अपनी हर आशा व आस्था से मुख मोड़ लिया था. पत्नी की मौत ने तो जैसे उसे जीते जी मार दिया था.

उसे इस बात का अहसास शिद्दत से हुआ कि खुशियाँ उन दिलों के दरवाजों पर दस्तक नहीं देती जो कभी खुले ही नहीं रखे जाते. जो उस जज़्बे की कदरदानी

नहीं कर पाते, छोटी-छोटी खुशियों को नज़र अंदाज करके किसी एक बड़ी खुशी पाने की तमन्ना में ग़मों की जड़ें मन में इतनी मजबूत कर लेते हैं कि चाहते हुए भी खुशी भीतर नहीं आ पाती. वरना खुशियाँ तो दिलों में मंदिर के जलते दीपों की तरह झिलमिलाने लगती हैं, और अगरबत्ती की लाट की तरह खुशबू बन कर साँसों में समा जाती है. बस मन की आँखें खोलने की देर है ... दिल के दरवाजे खुले रखने की ज़रूरत है.

जियो और जीने दो

मैंने चाय की दूसरी बार प्याली भर ली, और उसके ख़त्म होते ही ग़लीचे पर अपने पेट के बल लेट गई. सिलसिलेवार आँसू थमने का नाम ही नहीं ले रहे, कितने तो मैं चाय की पहली प्याली के साथ पी गई थी. इस तन्हाई के आलम में यही सोचती रही कि शायद अपनों का साथ पाना मेरे हिस्से में न था या मैं ख़ुद को उसके लिये तैयार ही न कर पाई थी.

'ये अपने पास निशानी के तौर पर रख लो. कभी याद के गलियारे से गुज़रो तो इस भाई को ज़रूर याद करना', छोटे भाई सुरेन के ये शब्द मुझे आज भी याद हैं. जब बाबा गुज़र गए तो हम दोनों भाई-बहन अपने-अपने शहरों से हवाई जहाज़ से उनके आख़िरी दर्शन करने आ पहुँचे. पर क्या हम बाबा को देख पाए? नहीं! उनके चरण तक न छू पाए. अपने दर्द को सहलाते हुए जब हम वहाँ पहुंचे तो देखने को मिली उनके शरीर की अस्थियाँ जो शोलों के होम से इक मुट्ठी भर छार बनकर रह गई थी. क्या देखने की तमन्ना थी और क्या देखने को मिला? बाबा की उँगली से निकाली गई अंगूठी, जो बाद में सुरेन को दी गई, वही मोती की अंगूठी जुदा होने के पहले सुरेन ने मुझे दी थी. आज उसे देखकर मुझे भाई की बहुत याद आई. जाने क्यों लगा कि उड़कर भाई के पास जाऊँ उसके सीने से लगकर रोऊँ. बाबा की कोठी की चाबियाँ भी उसने मुझे दे दी थीं. सिसकियाँ लेकर रोते हुए मुझे अहसास हुआ कि कोई मेरे पीछे खड़ा है.

'अम्मा', मैंने आवाज दी. अम्मा अधेड़ उम्र की बेवा थीं, जिसका इस जहान में अपना कोई न था. काम की तलाश में एक दिन वह मेरी चौखट पर आई और मैंने उन्हें घर के अन्दर ले लिया. आज तक वह जी जान से मेरी ख़िदमत करती आ रही हैं, कभी उस चौखट के बाहर न जा पाई. इस घर की वीरान चारदीवारी में उसने जैसे जान फूँक दी, जहाँ वीराना बसता था वहाँ बहारों की ताज़गी ले आई. सुन्दर फूलों को लाकर गुलदान सजातीं, भारी भरकम पर्दे उतारकर जालीदार पर्दे चढ़ा देतीं, जहाँ से बाहर की पारदर्शी सुन्दरता भी अन्दर झाँकने लगती. कभी बालों में तेल डालकर अपनी उँगलियों से मस्तिष्क को सहलाती, कभी अपनी गोद में सर रखकर बालों को सहलाती और यही अहसास मुझे मेरा बचपन लौटा देता. व्यंजन बनाकर खिलाने में भी उसका जवाब न था. पाँच दिन तो काम पर जाने की आपाधापी में कुछ कर न पाती थी, पर शनिवार, रविवार को वह ख़ूब पकाती और गर्म-गर्म पकवान सामने रखकर खाने का आग्रह इतने प्यार से करती कि मैं ना नहीं कह पाती. कभी दाल-पकवान, तो कभी बेसन की भाजी, कभी जवारी की रोटी, ऊपर से मक्खन धरा हुआ, तो कभी शीरा-पटाटा-पूरी! वो ख़ासकर उस दिन बनाती जिस दिन उमेश आने वाला होता. उसे हर एक की पसंद-नापसंद का ख़याल रहता था.

'कहो उर्मी, मैं यहीं तुम्हारे पीछे खड़ी हूँ. देख रही हूँ कि तुम्हारी चाय ठंडी हो गई. उठो, मैं एक गर्म कप चाय बनाकर लाती हूँ.'

'अच्छा, पर एक नहीं दो बना लाओ, मेरे और अपने लिये भी.'

अम्मा रसोई की तरफ मुड़ी और मैं अपने ही कथन पर हैरान होती रही, सदा एकान्त में अपनी तन्हाइयों को ओढ़कर बैठी रहने की आदी, गुमसुम से, खोई हुई अपने ही सोच के संसार में, आज तक कभी किसी के साथ अपने आप को बाँटने की कोशिश नहीं की, पर आज? अतीत की यादें मेरी सोचों का हिस्सा बन चुकी

हैं, और उनके साथ जीना मेरी फ़ितरत. पर बीते कुछ दिनों से एक घुटन का अहसास मेरे मन को मथता रहा. उमेश ने मेरा बहुत समय अपने नाम कर लिया था. इसमें कोई शक़ नहीं कि उसमें मेरी चाहत भी शामिल रही. ऑफ़िस के काम के बाद लौटकर घर आते ही मैं शाम के सात बजने का इन्तज़ार करती. हर शाम वह इसी समय मुझे लेने आता, कभी कार में तो कभी मोटर बाईक पर और हम दोनों घंटों तक हवाओं की लय-ताल पर कभी समन्दर के किनारे, कभी रेस्टोरेंट में कॉफ़ी पीते, टहलते, खुली फिज़ाओं का आनंद लूटते. मुझे लगने लगा जैसे उमेश मेरे साथ ख़ुश है, बहुत ख़ुश. वैसे वह भी मुझे भाने लगा था, मैं भी उसकी सोहबत में खुश थी, बहुत खुश. आज भी उसका मुस्कुराता सुंदर चेहरा मेरी आँखों के आगे बिन बुलाये आ जाता है. विश्वास कहूँ या अंधविश्वास पर उन दिनों मुझे कभी यह ज़रूरत ही नहीं महसूस हुई कि मैं उसके बारे में कुछ ज़्यादा जानूँ, कभी मुड़कर कोई सवाल करूँ. वो कहता रहता था - 'उर्मी तुम मुझे बहुत अच्छी लगती हो, शायद तुम मेरे लिये ही इस ऑफ़िस में आई हो, मैं तुम्हारा बॉस ही नहीं तुम्हारा दोस्त भी बनकर रहना चाहता हूँ, उसी दायरे में जिसकी नींव पर हमने दोस्ती की शुरुआत की.' इस प्रकार की गुफ़्तगू की ओर मैं ज़्यादा ध्यान न दे पाई, बस उसके साथ की ख़ुमारी में खो जाया करती थी.

उमेश की शख़्सियत का यह पहलू मुझे मुतासिर किया करता था कि उसने कभी भी मेरे साथ कोई बदसलूकी नहीं की. मेरे काम को सराहते हुए मेरी हिम्मत अफ़ज़ाई की. शामें साथ गुज़ारते हुए जो हसीन यादें बीते पलों की साथ हैं, वही अब मेरी अपनी धरोहर है. फिर भी जाने क्यों आज मेरे दिल में उमेश के लिये कोई भाव नहीं उभरता? उससे नफ़रत कर पाऊँ यह तो मुमकिन ही नहीं. वह अच्छी तबीयत और साफ़ दिल वाला इन्सान है, जिसने आज़ादी का सही अर्थ समझा. 'जियो और जीने दो' उसके निजी क़िरदार की पहचान रही और शायद

इसी कारण मुझे उसकी नज़दीकी भाई. उसके साथ प्रेम का नाता जोड़ा जो अरसे तक क़ायम रहा, पर आज यह भी मेरा फ़ैसला है कि मैं उसके साथ की मोहताज कम और एकांत की शाइक बनी हुई हूँ. सालों तक साथ रहा पर सुविधा के आधार पर कोई भी किसी की रुकावट नहीं बना और न ही किसी ने चाहा कि कोई बंधन उन्हें बाँधे !

'तुम बात का ग़लत मतलब निकाल रही हो उर्मी! मुझे दायरे में क़ैद करने की कोशिश कर रही हो. मैं खुद आज़ादी का कायल हूँ, तुम्हें मैंने पहले भी कहा था कि हम कभी भी एक दूसरे के लिए रुकावट नहीं बनेंगे.'

एक दिन मैंने उसके सामने शादी का प्रस्ताव रखा और वह तुरंत 'हाँ' न कर सका. कारण जानने की कोशिश में मैंने क्या उधेड़ दिया पता नहीं? पर उमेश की नाराज़गी ने हम दोनों को सवालों-जवाबों की कतार में लाकर खड़ा कर दिया.

'उर्मी हम अच्छे दोस्त हैं, और मैं वादा करता हूँ कि हमेशा ही तुम्हारा दोस्त रहूँगा, इससे ज़्यादा तुम मुझसे कुछ उम्मीद मत रखना.'

यह सच है कि उमेश की और मेरी इस सिलसिले में कभी कोई भी बात न हुई थी. उसका व्याहवार हमेशा फ़र्म में मुलाज़िम जैसा और बाहर एक अच्छे दोस्त जैसा रहा. वह उस दिन से मेरा खैरख़्वाह रहा, जिस दिन मेरा इन्टरव्यू लेकर मुझे अपनी सेक्रेटरी की जगह पर नियुक्त किया. इसे मैं उसकी ख़ासियत कहूँ या सद्‌गुण कि वह ऑफिस में सबको इज़्ज़त देता और अपने मुलाज़िमों से इज़्ज़त और वफ़ादारी की उम्मीद भी रखता. वह मुझसे बहुत ख़ुश था पर इन लक्ष्मण रेखाओं में मैं भी शामिल थी. ऑफ़िस में वह जितना सोबर और सीरियस रहता

था, बाहर मेरे साथ उतना ही ख़ुश, बच्चों की तरह मुस्कुराता, खिलखिलाता, गुनगुनाता हुआ, कभी-कभी मेरे ज़ोर देने पर वह यह ग़ज़ल गाता ...

'सीने में सुलगते हैं अरमाँ आँखों में उदासी छाई है ...

ये आज तेरी दुनियाँ से हमें तक़दीर कहाँ ले आई है ...'

और उस दौरान उसकी उदास आँखों में नमी तैर आती.

दरवाज़े पर आहट के साथ आवाज़ आई 'उर्मी उठो चाय लाई हूँ, गर्म-गर्म पी लो' कमरे की बत्ती जलाते हुए अम्मा ने कहा. शाम ढलकर रात होना चाह रही थी, साढ़े पांच बजे ऑफिस से आकर गुमगुम-सी खोई रही, अब साढ़े सात बजे थे. दो घंटे का समय सोचते हुए कैसे गुज़र गया पता ही न चला.

'अम्मा तुम भी चाय लेकर मेरे पास बैठ जाओ.' कहने भर की देर थी, वह ज़मीन पर मेरे सामने बैठ गई. चाय की चुस्की भरते हुए सोचती रही कि यह तन्हाई भी कितनी नीरस है जो इन्सान को यादों की गहरी वादियों की अंधेरी गुफ़ाओं में ले जाती है. अगर घर में अम्मा न होती तो मैं न जाने और कितने घंटे इन्हीं सोचों में खोई रहती.

'अम्मा तुम शाम को इसी तरह मेरे साथ चाय पिया करो.'

'उर्मी, आज उमेश तुझे लेने नहीं आया?' घड़ियाल की ओर देखते हुए अम्मा ने पूछा.

'नहीं, अब वह कभी नहीं आएगा.' मैंने भीगी-सी आवाज़ में कहा.

'क्यों उर्मी क्या हुआ है?' अम्मा ने अपनाइत से अपना हाथ मेरे घुटनों पर रखते हुए फिर सवाल किया.

'यही तो मुझे नहीं मालूम और न मैं जानना चाहती हूँ. आज २८ तारीख़ है, परसों तीस तारीख़ से मैं ऑफ़िस का काम छोड़ दूँगी. फिर हम यहाँ नहीं रहेंगे, बाबा की कोठी में चलेंगे, तुम मेरे साथ चलोगी न अम्मा?' ऐसा कहते हुए मेरा गला भर आया. मैंने अपनी रुलाई को विराम देने के लिये चाय की प्याली को होठों तक ले आने की चेष्टा की. पर दुख ने कुछ यूँ घेरा कि न मैं चाय पी सकी, न आँसू. प्याली वापस रखते हुए अम्मा का हाथ अपने हाथ में लेकर चूमते हुए कहा.

'अम्मा तू मुझे अकेली छोड़कर न जाना, अब मेरा यहाँ कोई नहीं है, बाबा भी चले गये, और भाई ...' कहकर मैं बच्चों की तरह रोने लगी और उन आँसुओं के अक्स में मैंने उमेश को फिर-फिर कहते सुना, 'पर मैं तुमसे शादी नहीं कर सकता, उर्मी मुझसे बार-बार उसका कारण न पूछो. हम दोस्त हैं, दोस्त रहेंगे, प्लीज़ समझने की कोशिश करो.'

'क्या समझूँ? तुम कुछ कहो तो समझूँ. अभी तो मुझे यही समझ में आ रहा है जैसे मैं तुम्हारे लिये सिर्फ़ एक साधन हूँ शाम का वक़्त गुज़ारने का. जिसके साथ तुम दो- तीन घंटे मन बहलाते रहते हो.'

'यह गलत है उर्मी, न मेरी नीयत में कुछ है, न तुम्हारी. बस हमारी समझ अब मेल नहीं खाती.' ऐसा कहकर उमेश ने अपना सर दोनों हाथों के बीच जैसे नोचना चाहा.

'पर मुझमें क्या कमी है कि ...' मैंने अपने ही सवाल के जवाब में फिर सवाल किया.

मेरी बात को काटते हुए उमेश ने मेरा चेहरा अपने हाथों में लिया और आँखों में आँखे डालते हुए कहा - 'उर्मी फिर कभी यह लफ़्ज इस्तेमाल न करना, कमी तुममें नहीं मुझमें है, बस!' इतना कहकर वह बच्चों की तरह रोने लगा.

मैं हैरान और परेशान उसे देखती रही, उसके मासूम चेहरे को जिसको उसके ही आँसुओं ने अभी अभी धोया था. किसी गहरे घात से हल्दी की तरह ज़र्द हुआ था उसका चेहरा.

दूसरे दिन ऑफ़िस में उसने मुझसे और मैंने उससे आँखें चुराईं, बिना ज़्यादा बातचीत के दिन गुज़रा और शाम को घर आई. उमेश के बहुत समझाने के बावजूद उसके साथ बाहर घूमने न जा सकी. दिल को कोई तो चोट पहुँची है, कहीं तो दरार आई है जो दिल जुड़ने का नाम ही नहीं लेता.

'सर में थोड़ा गर्म तेल डालती हूँ राहत मिलेगी,' कहते हुए अम्मा एक तसरी में गरम तेल ले आई. मेरा सर अपने घुटनों पर रखते हुए अपनी उँगलियों के पोरों से मेरे खुले बालों में तेल डालती रही फिर काफ़ी वक़्त कंघी से मेरे बालों को लसारती रही. मुझे बहुत आराम मिला. शायद तेल का असर था या अम्मा के सामीप्य का था जो मुझे राहत देता रहा.

मुझे अपनी नौकरी व उस अधूरे प्यार को खोने का ज़्यादा अफ़सोस न था जितना अपने आप को उस गहरे आघात से बचाने पर संतोष था. बाबा के बारह दिन के बाद जब सुरेन वापस जा रहा था तो कोठी की चाबियाँ मुझे देते हुए बोला - 'उर्मी ज़िन्दगी में छोटे-बड़े हादसे दरपेश आएँगे. कभी तुम्हें ज़रूरत पड़े तो बाबा की यह कोठी आकर बसाना, मुझे ख़ुशी होगी.'

चाबी लेते मुझे बहुत हैरानी इस बात पर हुई कि छोटा होते हुए भी वह बड़ी गहरी बात कह पाया. भविष्य के गर्भ से इन्सान को क्या हासिल होता है यह आज जानना मुश्किल है. हाथों में था वही चाबियों का गुच्छा, सामने बंधा हुआ सामान और नीचे टैक्सी लेने गई हुई अम्मा. 'जियो और जीने दो' कितना सही कहा था उमेश ने. उसने वाक़ई मुझे जीने दिया पर शायद मैं ऐसा न कर पाई. औरत की फ़ितरत ही शायद ऐसी है: वह पूर्णता चाहती है. जिसे अपना समझती है उसे बंटा

हुआ नहीं देख सकती, चाहे वह प्यार ही क्यों न हो. उसे पूर्णरूप में पाने के लिये वह जीना तो क्या मरने तक को तैयार हो जाती है. मगर एक अपूर्ण, अधूरी ज़िन्दगी को गुज़ारना 'जीना' तो नहीं! 'जीने दो' तो बहुत दूर की बात है, कौन किसको जीने दे यह एक अनसुलझी गुत्थी है.

मैं फिर सोच के जाल में उलझ गई. इन्सान कितना मतलबी होता है, अपनी सुविधा से अक्षरों का जाल बुनकर एक आज़ाद ज़िंदगी को क़ैद बख़्शता है.

'उर्मी चलो, नीचे टैक्सी खड़ी है.' सामान के पीछे-पीछे मैं भी उसी राह पर चली जहाँ बाबा की कोठी, उसका आँगन मेरी बिखरी जवानी को आगोश में लेने के लिये आतुर था.

अतीत

सन्नाटे की उस शिला पर खड़ी शैली खुद हैरान, ठगी हुई सिर्फ शून्य को देख सकती थी. यह वही जगह थी, उसका अपना ससुराल. घर में परिवार के नाम पर थे उसके पति राहुल, उनकी माताजी रोचना देवी और वह खुद. दो बरस बाद परिवार में खुशियाँ खिल उठीं जब घर का वंशज रोहित अपनी माँ शिला व् दादी रोचना देवी की गोद में किलकारियां भरने लगा.

वह अपने बेटे के लालन पालन में मुग्ध सी हो गई और यहीं उसने भूतकाल की ज़मीन पर भविष्य के बीज बोए. वही भविष्य उसका 'आज' बन कर खड़ा है और वह खुद सोच की गहराइयों में गुमसुम, अपने अतीत की परछाइयों से आती उन सिसकती आवाज़ों को सुन रही है.

'बहू आओ यहाँ मेरे पास आकर बैठो. लाओ रोहित मुझे दे दो,' दशहरे के अवसर पर पंडाल की उस भीड़ में अपने पास कुछ जगह बनाते हुए रोचना ने अपनी बहू शैली को आवाज़ दी.

'मम्मी मैं यहीं पीछे खड़ी हूँ, रोहित इनके पास है,' कहकर शैली आगे बढ़ गयी और तारीकियों के साये में घिरी रोचना बहू को जाते हुए देखती रही. उसे न जाने क्यों आभास होने लगा कि वह जब भी अपनी बहू को पास लाने की कोशिश करती है, वह उतने ही वेग से रोचना से दूर चली जाती है. यादों की उन खाइयों में उसके साथ रह जाती हैं सिर्फ़ कुछ वेदनात्मक अहसास जो एकान्त में उसे

कचोटते, और उस नाज़ुक रिश्ते की चुभन को कम करने के लिए वह कुछ अनदेखे आँसू बहा लेती.

यादों की उन खाइयों में रोचना को अपना बीता हुआ कल याद आया जब वह राजीव माथुर की पत्नी बनकर इस घर में आई. घर में परिवार के नाम पर थे उसके पति राजीव, उनकी माताजी ज्ञानेश्वरी देवी और वह खुद. सुहागरात को राजीव ने उसे घर की सम्पूर्ण जानकारी देते हुए एक जवाबदारी रोचना को बेहद विश्वास के साथ सौंपी, यह कहते हुए कि – 'आज से मेरी माँ तुम्हारी माँ है, और वह तुम्हारी जवाबदारी है. माँ ने पिता के बाद संघर्षों के पहाड़ों का सामना करते हुए आज के इस वर्तमान में खड़ा किया है. मैं चाहता हूँ कि अब तुम्हें उसे अपने घर में, अपनी दिल में वह स्थान दो जो आज कि पीढ़ी देने से चूक जाती है. उसका सम्मान मेरा अपना सम्मान होगा रोचना!' और रोचना ने बात को गाँठ बाँधकर अपने आचरण से माँ को स्नेह आदर से हर पल, हर कार्य में उसका बढ़पन बरक़रार रखा. और आज अपने अतीत के झरोखे से आज के इन सूने पलों को निहारती रही.

यह दर्द भी अजीब है, अपने इज़हार के ज़रिये ढूँढ ही लेता है. वरना एकांत के इस कोहरे की घुटन में जीना मुहाल होता.

'माँ हम 'माल' जा रहे है, आप भी हमारे साथ चलिए!' सुनते ही रोचना के दिल की दहलीज़ पर आशा के दिए झिलमिलाने लगे. हर्षोल्लास की भावनाएँ मन ही मन में लिए वह बहू-बेटे के साथ माल पहुंची. पर वहाँ पहुँचकर शैली एक ट्रॉली लेकर दुकानों की भूलभुलैया में खो गई और साथ देने के लिये बेटा राहुल भी चला गया. बस एक बार फिर उस शोर में वह एकल भीड़ का हिस्सा बनकर रह गयी. यह

पहली बार नहीं हुआ था, पहले भी कई बार वे उसे यूं भीड़ में अकेला छोड़कर घंटों ग़ायब हो जाते. इस बार-बार के छलावे से उचाट होकर रोचना उनके आने के इंतज़ार में एक बेंच पर बैठ गई. उस दिन जब घर लौटी तो तन के साथ-साथ उसका मन भी बीमार सा हो गया.

मन भी कब किसी का खाली बैठा है, साथ देने के लिये सोचों के खज़ाने लुटा देता है. रोचना का मस्तिष्क भी तेज़ रफ्तार से उसके चोट खाये हुए मन की उलझनों से जुड़ा रहता. उसे पता ही नहीं पड़ा कि वह कब सोचों की सेज पर सो गई. उठी तो शफ़ाक़ सोच उसके साथ थी. अब उसे बाहर जाने की बजाय घर की तनहाई में पड़े रहना ज़्यादा गवारा लगा. जब कभी भी बेटा आकर साथ चलने के लिये कहता तो वह, न जाने का कोई न कोई बहाना बताकर घर में रह जाती. कम से कम अनचाही चोट के आघात से तो बची रहती.

'माँ कभी हमारे साथ भी बाहर चला करो, हमेशा घर में बैठी रहती हो.' एक दिन बेटे राहुल ने आकर कहा. जवाब में रोचना का फिर वही एक नया सबब रहा.

अब शैली को अहसास हुआ जा रहा था कि उसकी सास जो उसकी हाँ में हाँ मिलाने के लिए हमेशा आतुर रहती थी, जाने किस कारण बहुत कहने पर भी उनके साथ कहीं आती जाती नहीं.

एक दिन शैली ख़ुद सास के पास जाकर उनको साथ चलने के लिए अनुरोध करने लगी. लेकिन रोचना का मन अब एकांत में ठहराव पाने लगा था. अब मन की भावनाओं में हलचल के उतार-चढ़ाव से किनारा करने की आदी होने लगी थी. इसलिए शैली की ओर देखते हुए शांत स्वर में कहने लगी - 'नहीं बेटे तुम और राहुल दोनों हो आओ. मैं तुम दोनो के पीछे चलते-चलते बहुत थक जाती हूँ.' सूनी आँखों से अपने बेटे राहुल की ओर निहारते हुए कहा, जो उसी वक़्त आकर

शैली के पीछे खड़ा हुआ था. रोचना को लगा जैसे वह अपने आप से बात करती रही, ख़ुद कहती रही, ख़ुद सुनती रही.

'माँ चलिये न!' अब राहुल ने शैली के सुर में सुर मिलाया.

'बेटे न जाने क्यूँ इस चार-दीवारी में मुझे सुकून सा मिलता है.' और अपनी सोच की भीड़ में गुमसुम रोचना अपने आप सिमटती चली गई. शायद वह बखूबी जान गई थी कि बाहर की भीड़ में अकेली पड़ जाने से घर में अकेला रहना बेहतर है. अनकहे शब्दों की गूँज शैली के दिल पर दस्तक देती रही. वह इतनी भी नासमझ नहीं थी, जो बात की गहराई में लिपटे नंगे सच को न जान पाती. अपने आचरण की उपज के बोए बीजों के कोंपल देख रही थी, अपने नादान रवैये की उपज को देख रही थी, जो लहलहाने की बजाय, सूखकर, मुरझाकर, कुम्हला रही थी. ये भाव नागफनियों की तरह उसकी आँखों में, उसके जेहन में उग रहे थे. अब वह जब कभी अपने पति और नन्हे बचे के साथ शॉपिंग माल में जाती, तो उसका मन उसे इस क़दर कचोटता कि वह उस डंक से खुद को बचा न पाती. अपनी हो सोच के तानों से बुने हुए जाल में वह फंस गई थी. उसे आभास होने लगा जैसे उसकी सास रोचना अब उसकी आवाज़ सुनती ही नहीं या सुनना नहीं चाहती. उसके मन के चक्रव्यूह में घुसना शैली के लिये मुश्किल हुआ जा रहा था.

एक दिन रोचना ने एक थैले में कपड़े और ज़रूरत का सामान रखते हुए शैली से कहा - 'बहू आज मैं अपनी सहेली कान्ता के घर कीर्तन के लिए जा रही हूँ, दो दिन उसके पास रहकर लौटूँगी.' शैली ने खाली नज़रों से उनकी ओर देखा पर कुछ कहे उससे पहले रोचना ने अपने कपड़ों का थैला उठाया और थके हारे क़दमो से घर के बाहर जाने लगी. शैली को लगा जैसे वह अपना भविष्य दरवाज़े से बाहर जाता हुआ देख रही है.

'माँ रुकिए, में आपको कार में छोड़कर आती हूँ.' अधखुले अधर कहकर भी न कह पाये. उसकी धीमी आवाज़ रोचना के कानों तक न पहुँच पाई. इस एकाकी दुख ने उसके कलेजे में खलल पैदा कर दिया, जहां घुटन के सिवा कुछ न था, और उस घुटन का धुआँ धीरे धीरे उसके अस्तित्व को घेरता रहा. धुंध के इस चक्रव्यूह को वह तोड़ना चाहती थी. पर रोचना ने अपने आपको इस क़दर शांत और एकाकी माहौल में ढाल लिया था कि उसे परिवार की हलचल में भी सन्नाटा लगने लगा. उसे तनहाई से लगाव हो गया था और वह अकेले रहने के मौक़े को तलाशती, बहू से दूर, अपने बेटे से भी दूर, जहाँ उसकी आँखें कभी उनमें अपनेपन की आस न टटोले. वे अपने जो उसे कहीं भी, किसी भी जगह अकेला छोड़कर चले जाने की हिमाकत कर सकते हैं. यह सिलसिला कई महीने चलता रहा. रोचना आए दिन अकेली कभी कीर्तन में चली जाती, कभी बाहर बगीचे में घंटों जा बैठती और कुदरत की सुंदरता की अनुपम छवि के साथ घुल मिल जाती. अब शैली को सास का इस तरह घर में होकर भी न होना खलने लगा. उसकी गैर मौजूदगी और भी ज़्यादा खलने लगी. उसे अहसास हुआ कि सास को वह कभी भी अपनी माँ समझ नहीं पाई. यही सोच शायद दूरियाँ बढ़ाने में मददगार हुई थीं. हालांकि रोचना हमेशा घर के काम में, रसोई में उसका हाथ बंटाया करती, गैर मौजूदगी में खाना बनाकर रखती. काम वह अब भी करती रही और फिर हो जाने पर अपने कमरे में अकेली पड़ी रहती. घर में इनसान हो और न हो, कोई आस-पास हो और न हो, तो कैसा महसूस होता है? शैली को इस बात का पूरी तरह आभास हुआ. अपनी नादानियों के नतीजा सामने सर उठाकर उसका मुंह चिढ़ा रहा था. एक दिन अचानक वह अपनी सास रोचना के कमरे में चले गई, जो कहीं कीर्तन पर जाने की तैयारी में लगी हुई थी.

'माँ आज मैं भी आप के साथ कीर्तन में चलूंगी.' और रोचना उसकी नम आवाज़ सुनकर चौंकी. सर उठाकर उपर देखा, शैली का पूरा अस्तित्व भीगा भीगा सा था. वह चुनरी के कोने को लपेटते हुए जवाब की प्रतीक्षा में खड़ी रही. कुछ सोचकर रोचना ने कहा, 'अच्छा बहू, मुझे रोहित के कपड़े ला दो, मैं उसे तैयार करती हूँ और तुम जाकर जल्दी तैयार हो आओ. समय हो गया है.' कीर्तन स्थान पर पहुंच कर रोचना ने एक उचित स्थान ग्रहण किया तो बिल्कुल पास में ही शैली भी बैठ गयी. अपने बेटे रोहित को सास के पास बिठाने की कोशिश की तो रोचना ने झट से पोते को बाहों में लेकर अपनी गोद में बिठा लिया. एक अनकही, अनसुलझी उलझन ने जैसे निशब्दता में खुशगवार समाधान पा लिया!

नई माँ

एक ही रात में वह माँ बन गई. सौतेली ही सही, पर पदाधिकारिणी हुई वह दो बेटियों की. यह वरदान उसे विरासत में मिला. ममता कैसे सम्पन्न होती है, बच्चे की किलकारियाँ क्या होती है, छाती से दूध की धारें किस तरह छलकती है, कुछ भी जाने बिना वह माँ बन गई. नियति का वरदान!

बड़ी बेटी रचना अपनी नई माँ के मनोभाव समझ पा रही थी. वह भी इस महाद्वंद्व के पाटों के बीच कशमकश के दौर से गुज़र रही थी. कला, हाँ कलावती ही उसकी नई माँ का नाम था. सुगठित बदन, गोरा रंग, तीखे नयन-नक्श, एक कलात्मक मूर्ति की छटा व आभा लिये हुए वह अंधेरों में उजाला भरने की योग्यता रखने वाली एक अधखिली नवयुवती, जो उम्र में उससे दो साल छोटी और उसकी बहन गायत्री की उम्र से दो साल बड़ी थी.

रचना घर की बड़ी बेटी होने के नाते संबंधों को जानती थी, रिश्तों के बीच के रख-रखाव को पहचानती थी. सगी माँ बीमार थी, इलाज किया गया, पैसा पानी की तरह बहाया गया. संसार में तमाम साधन जुटाने में पैसा सहयोग देता है, पर जीवनदान कहाँ दे पाता है? उसी पैसे के ज़ोर पर पुरानी माँ की मौत के कुछ अरसे बाद ही नई माँ घर आ गई. पिता ने नई माँ को लाने में जितनी जल्दी की, अपनी बच्चियों के साथ संबंध जोड़ने में उतनी ही देर लगा दी. वह मर्यादा जो रिश्तों को जोड़ती है, वही शायद पिता के जीवन का हिस्सा न बन सकी. रिश्तों का टूटना और जुड़ना एक व्यावहारिक चलन-सा बन गया उनके लिये. रिश्तों का

निबाह और निर्वाह क्या है, यह उनकी फ़ितरत में शामिल ही न था. थी तो बस लोकलाज की परवाह, बैठकों में मान-मर्यादा, दिखावे की चमक-दमक और हर वह साधन जो उनके निजी सुखों में बढ़ोत्तरी ला सके.

'रचना कभी-कभी काम में अपनी नई माँ का हाथ बंटा दिया करो, उसे थोड़ा वक़्त लगेगा सीखने में ... और तुम ...' पिता का आदेश था प्यार-रहित, अपनेपन से खाली. वह आदेश कम, एक हुकुमनामा था जो न जाने किस रवायत की तहत वे परिवार के सदस्यों पर थोपते रहे, हमेशा की तरह ... जैसे वे नई माँ के पहले सगी माँ को भी आदेश स्वरूप दिया करते थे.

'आप अपनी नई बीवी की बात कर रहे हैं?' रचना ने करारे कटाक्ष के साथ वार किया. वातावरण में वह जितनी भी तब्दीलियाँ देखती उतनी ही उसकी बाग़ी सोच प्रतिक्रिया में पेश करती.

'हाँ तुम्हारी नई माँ की ही बात कर रहा हूँ. अच्छा होगा जो तुम इस नए और पुराने रिश्ते की झीनी दीवार तोड़कर उसे 'माँ' कहकर संबोधित करो.' पिता ने अपने गर्म तेवर ज़ाहिर करते हुए कहा.

'पर मैं उसे न माँ मानती हूँ, और न उसे माँ कहकर पुकार सकती हूँ. वह तो उम्र में भी मुझसे दो साल छोटी है. खूंटे से बांधकर आपने उस के साथ एक रिश्ता जोड़ लिया, बस एक नाम दे दिया - जाने किस स्वार्थ के कारण!'

'रचना, अपनी सोच को भटकने न दो ...' पिता ने अस्पष्ट शब्दों में विरोध किया.

'रिश्ता जोड़ना एक बात है, उसे निभाना एक और बात... और उसे परिपूर्ण करने के लिये आपको अपने बच्चों का सहयोग लेना पड़े, यह न तो उचित है और न ही शिष्टाचार के लिहाज़ से सही.' कहकर रचना बेरुख़ी से चलने को हुई.

'रुको... तुम अपनी नई माँ को माँ नहीं मानती, क्या यही कहना चाहती हो तुम.'

'नहीं, कहना तो नहीं चाहती, पर कहे बिना रह भी नहीं सकती. आप मुझे यह अहसास दिलाने की कोशिश न करें कि जो रिश्ते आप मुझ पर थोपेंगे, वो मुझे या गायत्री को मान्य होंगे? मुझे अच्छे-बुरे की पहचान है, भले-बुरे में फ़र्क समझती हूँ. इस घर की बेटी की उम्र से छोटी उम्र वाली किसी और घर की बेटी को आप ब्याह कर लाए है और अब आप मुझे इस बात के लिये किसी तनावपूर्ण स्थिति में न डालें तो बेहतर होगा. उस नवव्याहता लड़की का अपनी सोच पर पूरा अधिकार होना चाहिए, मैं उसके दायरे में अपनी सोच से दख़ल नहीं देना चाहती.'

परिपक्व सोच की मालकिन रचना अभी तक उस सच को स्वीकार नहीं पा रही थी. प्यार और मजबूरी, न्याय और अन्याय का हर सफ़आ अपनी कहानी कह रहा था. औरत अपनी सतीत्व का प्रमाण कब तक देती रहेगी? क्या उसकी मर्ज़ी मर्दों की मनमानियों की डगर पर सर फोड़कर रह जाएगी? क्या उसकी चाहत पुरुषवादी सत्ता की दलदल में धंसती रहेगी?

माँ की मौत ने रचना के मन को गहरी चोट पहुँचाई और थोड़े ही वक्त में पिता का नई माँ को ले आना एक और वार रहा. चोट दर्द का अहसास दे जाती है और यही अहसास समय के पहले बहुत कुछ सिखा भी देता है - प्यार, नफ़रत, ईर्ष्या, स्नेह, ममत्व. यहीं हर चेहरा बेनक़ाब-सा हो जाता है. समझौते के नाम पर रिश्ते नंगे हो जाते हैं. यही बाग़ी सोच रचना के भीतर बवंडर बनकर रवां हो रही थी. अब संवेदना दिल को कहाँ ढांढस बंधा पाती है? एक समाधान की जांच-पड़ताल यादों में अधूरी ही रहती है तो दूसरी घटना संपूर्ण हो जाती है. एक कांड के पीछे एक और कांड इस रफ़्तार से सामने आते हैं कि हल अधूरे के अधूरे समाधानों के अंधेरे में खो जाते हैं.

'आपकी चाय लाई हूँ' विनम्र सुलझा हुआ स्वर सुना. सोच से पैदा हुई मन की कड़वाहट, गर्म चाय की भाप की तरह रफूचक्कर हो गई. देखा, कला चाय पास वाली तिपाई पर रखकर जाने को मुड़ी.

'सुनो' और आगे रचना कुछ कह न पाई.

'जी' यह कला का स्वर था, जो अपने अंतर्द्वन्द्व में उलझी हुई थी कि वह रचना को कैसे संबोधित करे? कैसे बात करे? कैसे उसे विश्वास दिलाए कि वह उसकी और गायत्री की मानसिक स्थिति से वाक़िफ़ है, मन के विचारों की उलझन जानती है, उनका दुख-दर्द बाँट सकती है, उनकी सखी बन सकती है. पर नयी माँ के रूप में शायद उनकी आशाओं पर पूरी उतरने में सफ़ल न हो पाए.

कला का बचपन बीता, जवानी बिना आहट आई और मौसमे- बहार आने के पहले पतझड़ साथ हो ली.

'बेटी अब तू स्कूल न जाया कर, घर का कामकाज सीख ले, आगे काम आएगा. ' - माँ ने कहा था.

'पढ़ना भी तो काम आएगा कि नहीं, माँ? घर का काम तो औरत को ता-उम्र करना होता है और हर लड़की जब औरत बनती है तो वह सहज ही उसे अपनी ज़रूरतों के आधार पर सीख लेती है. ' - कहकर कला ने पुस्तकें उठाईं और छत पर पढ़ने के लिए क़दम आगे बढ़ाया.

'अरी सुन, अनसुना न किया कर! तेरे बाबूजी कहीं बातचीत चला रहे हैं. अच्छे घर का आदमी है.'

'आदमी!' और कला की चुप्पी में अनगिनत सवालों ने दम तोड़ दिया. जिरह करती उसकी मौन पलकें माँ की ओर उठीं.

'...'

'अरे हाँ, वह सेठ दयालराय जिसकी पत्नी दो माह पहले गुज़र गई, वही! इतना बड़ा कारोबार, हाट-हवेली, दो बेटियाँ हैं पर घर का वारिस नहीं है. कोई तो हो जो इस सारे विस्तार की बागडोर संभाल ले. ऐसे ही तो नहीं बीतेगा यह अस्त-व्यस्त जीवन? अगर तेरी बात वहाँ पक्की हो जाए, तो फिर तेरे वारे-न्यारे हो जाएँगे और हम भी सुख की सांस ले पाएँगे. तेरे पीछे दो बहनें और भी तो है. मुझे विश्वास है यह रिश्ता उनके लिये भी स्वर्ग का द्वार खोल देगा.' कहकर माँ ने दोनों हाथ जोड़कर भगवान से न जाने मन में कौन-सी मन्नत माँगी.

छत की ओर जाती सीढ़ी पर पांव धरा ही न था, कि ठिठक कर रुक गई कला, कलावती कमलाप्रसाद - यही नाम उसके स्कूल के दाख़िले के वक़्त रजिस्टर में दर्ज हुआ था. यादों की दीवारें शीशों की तरह होती है, झीनी-झीनी-सी नाज़ुक. वे यादें कभी बिना चोट के चूर-चूर होने की तबीयत रखती है, बेआवाज़ ही भरभरा कर रह जाती है. माँ की ओर देखते हुए कला सोचती रही. नाम की पहचान क्या सिर्फ़ पिता के नाम से होती है? जन्मदातिनी माँ क्या सिर्फ़ नाम की माँ होती है, जो बच्चों पर अपना सर्वस्व तो लुटाती है, पर अपना नाम तक नहीं दे पाती, उनकी पहचान नहीं बन सकती? यह कैसी धारणा है, कैसी रीति है कि मर्द, सिर्फ़ मर्द ही हर लड़की की पहचान का बाइज़ हो... कभी पिता, कभी भाई, कभी बेटा और कभी पति बनकर.

'माँ क्या औरत की पहचान का कोई वजूद नहीं है?'. कहना चाहकर भी कला कह न पाई. सीढ़ी पर पांव धरते ही सोचा हर औरत को अपनी पहचान बनाने का, खुद का जीवन सजाने-संवारने का पूरा अख्तियार होना चाहिए. क्या पुरुष प्रधान समाज में औरत अपनी कोई पहचान नहीं पाती? किसी की ज़िंदगी का फैसला कोई और ले, यह तो सही नहीं, भले ही वे माँ-बाप हों. नारी की संपूर्णता

माँ होने में है और वह उसका जन्मसिद्ध अधिकार है. यही मातृत्व ही तो उसे अपनी पहचान और परिपूर्णता देता है. अपनी निर्णयात्मक सोच पर और भावनाओं पर उसका पूरा अधिकार होना चाहिए.

कला अपने इर्द-गिर्द सोच के धागों से अपने भविष्य के सपनों को बुनती रही कि उस सोच को कुचलती उसके पिता की आवाज़ उसके कानों में गरम, पिघला हुआ सीसा उंडेल गई.

'अरे भाग्यवान सुनती हो. कल शाम कला का रिश्ता सेठ दयालराय जी के साथ तय होगा. वे शगुन लेकर पाँच बजे आएँगे. देखना स्वागत में कोई कमी कसर न रहे.' कहते हुए कमला प्रसाद एक निर्णयात्मक आदेश देते हुए अपने कमरे ओर बढ़ते गए और कला के बढ़ते क़दम आगे जाने की बजाय न जाने समय की कितनी सीढ़ियाँ पीछे की तरफ लांघ आए.

कुछ टूटकर बिखरा. वो क्या था, ये नहीं जाना. जो कुछ भी हुआ वो न जाना पहचाना अहसास था, न अपना! दिल अपने भीतर के खालीपन में डूबता चला गया और तीरगी के साये पल-पल गहरे होते रहे. ज़िन्दगी की रौनकें पल में नीरस हो गईं. इच्छाओं की आहटें बुझे चराग़ों की तरह सहम गई, दिल पर दस्तक देना भूल गई. फूल खिलने के पहले मुरझाने लगे, अनसुनी रह गई राग की बांसुरी, अनछुई रह गई फूल की पांखुरी. हवाओं ने सांस लेना बंद कर दिया, बस जैसे हलचल ठहर गई हो. खामोश दर्द की सिसकियाँ कौन सुनता? इन रिश्तों के बाज़ार में लेने-देने के सिलसिलों में पिस जाती है बेटियाँ, उनका समस्त अस्तित्व, उनकी ज़िन्दगी की पहचान एक विवाद पर आकर ठहर जाती है.

'आप भी अपनी चाय यहीं ले आएँ, साथ में पिएँगे!'

यह रचना का कोमल स्वर था. कलावती को आभास हुआ जैसे नासमझी की झीनी दीवार भरभराकर धराशयी हो गई. नारी मन ने शिद्दत से महसूस किया कि जब रिश्ते जुड़ जाते हैं तो चाहकर भी उन्हें तोड़ा नहीं जाता, बस निभाने की रवायतें अपनानी पड़ती है. वैसे भी स्त्री की लड़ाई उसके अपने आसपास की परिस्थितियों के कुचक्र में फँसी रहती है, जिससे वह मुक्ति पाना चाहती है. हालात की समूची चुनौतियों को स्वीकारना शायद अपनी नियति समझ बैठी है. कला को लगा जैसे वह घुटन के चक्रव्यूह से आज़ाद हो गई हो. मन के वाद-विवाद की क़ैद से निकलकर आज़ाद माहौल में आ गई और मुक्ति का द्वार उसे आलिंगन में लेने को आतुर था. क्षण भर में वह 'नयी' न रहकर पुरानी हो गई.

कमली

'अरी ओ कमली, मेरा हुक्का तो भर दे. दो चार कश लगा लूं तो धांय धांय करता दिमाग कुछ शांत हो.' - नानी ने हिदायती सुर में कुछ इस तरह आवाज़ दी कि आंगन से होता हुआ उनका सन्देश रसोई घर में उसके कानों तक आ पहुंचा.

'अम्मी बस अभी आई कि आई', वहीं से आवाज़ देते हुए कमली ने कहा.

'अरी मुर्दार तू मेरे काम के लिए कभी भी फारिग नहीं होती. टालती रहती है, नखरे भी तो कोई कम नहीं है तेरे, आए दिन बढ़ते ही जा रहे हैं. अब तू कमली से फिर कमसिन जो हो गई है.'

'नानी बस दो चार बर्तन और हैं, मांज कर आती हूँ.' कमली की आवाज़ रसोई घर से बाहर नानी के कानों तक आई.

'तेरी आवाज तो बाहर आ सकती है, पर तू नहीं आती. बर्तन करने का दावा करती है. खाना खाती है तो बर्तन भी करेगी. कहकर क्यों सुनाती है? क्या खाना सुना कर खाती है? जाने क्या हुआ है आजकल के ज़माने को. बच्चे तो बच्चे, नौकरों की भी ज़बान चलने लगी है.'

'देवकी, ओ देवकी तू ही आकर हुक्का बनादे, इसे तो फुर्सत ही नहीं मिलती मेरे काम के लिए. ज़रा देखना तो, रसोई में कोयले तो नहीं बुझ गए.'

'आई नानी!' मैं अपने किताब बिस्तर पर ही छोड़ कर बाहर आ गई. तुरंत न आने का नतीजा जानती थी.

'तू भी बहरी हो गई है. मैं तो हिंदुस्तान में आकर ज्यादा परेशान हो गई हूँ.'

'हों गई होंगी, ज़रूर हुई होंगी. सिंध में चार-चार नौकर-चाकर जो तुम्हारे आगे पीछे घूमा करते थे. यहाँ तो बिचारी यह अकेली ही है, किस काम को देखे ... किस काम को छोड़े!' सोचा, पर कह न पाई. शामत को दावत देना किसे भला लगता है.

मेरी बात मेरे मुंह में ही रह गई. नानी की रोबदार आवाज तो थी ही, पर नाराज़गी में उसमें से कुछ और ही स्वर निकलते थे. कुछ और सुनूं इससे पहले हुक्का उठाकर हौदी की ओर चल पड़ी. पुराना पानी गिराया, ताजा पानी भरा, टोपी को उंडेलकर राख निकाली, फिर अंगार डालने के लिए रसोई घर में गई.

कमली ने आंखें उठाकर मेरी ओर देखा. लगा वह बहुत ही निर्बल हो गई थी. शायद काम का बोझ उससे उठाया नहीं जा रहा था, और ऊपर से इन वज़नदार शब्दों की बौछार! कमली मेरी हम उम्र थी, नानी की नातिन मैं भी थी, और वह भी. पर फर्क था. मैं सेज पर सोती, वह मेहनतकशी की चक्की में पिसती रहती. मैं पढ़ाई के लिए स्कूल जाती, वह रसोईघर का काम संभालती.

अपनी पीठ पर मेरे हाथ का स्पर्श महसूस करके उसकी आँखें गीली हो गई. लगा पुराने ज़ख्मों से कुछ रिस रहा हो. पर वह चुप थी. खामोशी भी कितनी अजीब होती है. अपनी ही भाषा में कितनी दास्तानें एक ही बार मैं बोल जाती है. हां यह और बात है, कि कोई समझे, कोई ना समझे, कोई महसूस करें, कोई ना करें.

'कमली तुम बर्तन मांज कर रखती जाओ, मैं धोती जाती हूँ. इस तरह काम जल्दी ख़त्म होगा. फिर तुम जाकर थोड़ा आराम कर लेना.

' नहीं बीबी, मैं कर लूंगी. आप नानी का हुक्का भर दीजिये ...'. और उसकी नाक की 'सूं...सूं...' ने बहुत कुछ बहने से रोक लिया!' इतना तो मेरे बाल मन ने जान लिया था.

मैंने हुक्का लाकर नानी की खाट पर रख दिया और अपने कमरे की ओर जाने के लिए कदम बढ़ाया ही था कि सामने नानू जान आँगन में आते हुए दिखाई दिए.

'सलाम नानू जान!' मैंने भागकर अपनी बाहें उनके इर्द गिर्द लपेटते हुए कहा.

'सलाम बेटा, खुश रहो! कहो पढ़ाई ठीक-ठाक चल रही है ना?' नानू ने मेरे सर पर हाथ फेरते हुए पूछा.

'हाँ नानू, बिलकुल ठीक चल रही है.' कहकर में चलने लगी, पर मेरे पाँव रुक गए.

'लड़कियों को पढ़ाना बेकार है. दिमाग खराब हो जाता है उनका.' नानी ने एक बड़ा कश लेते हुए बिन मांगी अपनी राय सामने रखी.

'क्यों न पढ़ें? ज़माना भी तो बदला है कि नहीं? मैं तो कहता हूँ कि कमली को भी इसके स्कूल में दाखिल करवा दो. दोनों का साथ भी हो जायेगा और पढ़ाई भी.'

'अब चुप भी करो, ज्यादा दिमाग खराब मत करो उसका. वह भी पढ़ेगी तो घर का काम कौन संभालेगा? मैं तो बोल कर फंस गई.' और नानी की बड़बड़ाहट मेरे कानों तक रेंगती हुई पहुंची, जिसमें कुछ कड़वे, कुछ कसैले शब्द थे जो पिघले डामर की तरह मेरे कानों में तैरते रहे.

'अब बात को आगे मत बढ़ाओ!' नानू ने अपने कमरे की ओर रुख करते हुए कहा.

'कमतर जात के लोग हैं ... कितना भी भला करो भुला देते हैं. ज़माना ही बदल गया है. न वे लोग रहे हैं, न ही वह खुशबू बाकी रही है किसी में.'

'अरी भाग्यवान अब घड़ी पल चुप भी हो जाओ. बिचारी दोनों लड़कियां क्या कुछ नहीं करतीं? तुम्हारी हर फरमाइश तो पूरी करती हैं, पल दो पल देरी तो हो ही जाती है. तुमने तो उम्र काटी है, इनके सामने तो पूरी जिंदगी पड़ी है. मुझे तुम्हारी ये बातें बिल्कुल नहीं भाती, और न ही तुम्हें ऐसा करना शोभा देता है.

' नहीं अच्छी लगती तो!

अभी नानी की बात पूरी भी नहीं हुई थी कि नानू ने रोबदार आवाज में कहा -

'अपने ही घर में आदमी कुछ पल सुकून के बैठे, ऐसा तो मौसम ही नहीं रहा. काम से लौटकर घर आओ तो घर-घर लगना चाहिए. यहां तो हरदम तुम्हारी शिकायतों की दुकान खुली रहती है!'

'हां हां अब यह मेरी दुकान हो गई, और वह तुम्हारी ... यही कहना चाहते हो न?'

'अब बस भी करो. मैं जाकर लेट रहा हूँ.'

'खाना तो खालो. क्या यूं ही भूखे पेट लेट जाओगे? कमली, अरी ओ कमली! अपने नानू को खाना तो देना, जल्दी हाथ पाँव चला.' नानी की बुलंद आवाज़ सुनने में आई.

'जी आई नानी, अभी आई. तवे से रोटी उतार कर लाती हूँ.'

मैं इतनी बड़ी तो न थी, पर न जाने क्यों नानी की तंज़ भरी आवाज़ में कही बातें मेरे भीतर तीर समान चुभ जातीं. अमीरी गरीबी की दीवार नाज़ुक नहीं, ईंटों से भी ज्यादा मज़बूत होती है. लाराकाणे में ज़मीनदारी थी, बड़ी हवेली थी, बग्गी थी, चार चार दासियां दिन रात उनके आगे पीछे फिरा करतीं. एक दिन भर घर की सफाई करती, बिस्तर बिछाती, कपड़े धोती, उन्हें सुखाकर इस्त्री करके रख देती. दूसरी चाय पानी नाश्ता, दो समय के खाने का पूरी व्यवस्था करती. तीसरी घर की ज़रुरतों के हर चीज़ को बाज़ार से ले आती और समूचे घर की देखभाल करती. और चौथी यह 'कमली' जो दस साल की उम्र से नानी की सेवा में लगी हुई है- नानी की हर आवाज़ पर हाज़िर हो जाती, फिर चाहे किसी भी समय, किसी भी चीज़ की मांग हो.

'अरे मेरी चप्पल तो ले आना, देख मैंने कंघी कहां रख दी? अरे चश्मा ज़रा साफ कर दे, एक कप चाय बनाकर पिला.' इस तरह के छोटे-मोटे काम कमली की

जिम्मेवारी थी. लगभग मेरी उम्र की, पर सिंध में भी मैं स्कूल जाती और वह नानी की चाकरी में व्यस्त रहती. सबसे बड़ा काम था नानी का हुक्का जो दिन में दो-तीन बार भरकर नानी के सामने रखना. यह लत घर में नानी के सिवाय किसी और को न थी. नानू बीड़ी पीते थे, और मेरे पिताजी शराब. बाकी सब साफ़-सुथरी ज़िंदगी व्यतीत करने में प्रयासरत रहते.

आखिर मौसम बदला. बहारों में खिज़ां आने के आसार बढ़ने लगे. हलचल बढ़ी, दंगे हुए, मारपीट हुई, जुल्म अत्याचार की तपिश नानू को लपेट ले, इससे पहले नानू अपनी इज्जत बचाने के लिए समस्त परिवार को किसी मुसलमान दोस्त की मदद से पोरबंदर की ओर रवाना करने में जुट गए. हिंदुस्तान में भी उनके रहने खाने-पीने का इंतजाम कर दिया. नानू-नानी आए, और साथ मेरे पिता, मैं और कमली भी आई. मेरी मां के लिए नानी कहती है - 'तेरी वजह से तेरी मां को अपनी जिंदगी से हाथ धोना पड़ा. न तुम पैदा होती, न वो मरती. हाय हाय मेरी मूमल रानी!' कहकर छाती पीटते हुए वह अपने बेटी का मातम मनाती थी.

कमसिन को अपने साथ सिंध से स्थानांतरण के समय नानी ने उसकी पहचान देते कहा था - 'यह मेरी नातिन है, कमली. दो साल की हुई मां मर गई. अब मैं ही इसकी मां भी हूँ और नानी भी.' कहते हुए दुपट्टे से आंखें पोछते नानी कमली का हाथ पकड़ते हुए, लाठी की ठक ठक के साथ, गाड़ी के इंतजार में खड़ी भीड़ के बीचो-बीच लापरवाही से अपना रास्ता बना लेती. यह हुनर कोई नानी से सीखें. पराए को अपना करना, और अपने को पराया करना.

मैं सोचती रही, मां मुझे जन्म देकर मर गई. कमली तो वहां की मुसलमान यतीम थी जिसने नाना की पनाह पाकर नानी की सेवादारी के लिए घर में अपनी जगह बना ली. मेरी मां तो उसकी एक ही बेटी थी जो मुझे जन्म देकर इस जहाँ से चली

गई. यह कौन सी बेटी हुई जो कमली उनकी नातिन बन गई. सोचती रही, पर किसी सवाल का माकूल जवाब पाने में नाकाम रही.

खैर, सिंध छोड़कर हिन्द में आ बसे. घर बसा, दुकानदारी शुरू हुई और मेरी फिर से स्कूल में दाखिला हो गई. कमली को घर के काम की, नानी की सेवा की संपूर्ण जवाबदारी उठानी पड़ी. अपनी सेवाएं देते देते वह वक्त और माहौल के मुताबिक कभी कमली, तो कभी कमसिन बन जाती, कभी हिंदू तो कभी मुसलमान! वक़्त के चेहरे भी नकाब बदलते हैं. और अचानक एक दिन मेरे बाबा भी हार्ट अटैक में ग्रस्त होकर चल बसे. नानू इन्तहा तन्हा हो गए. हुई तो नानी भी, पर अपनी आवाज़ में खलिश भरकर बात करने में वह बहुत कुछ छुपा लिया करतीं.

पटसन की खाट पर लेटी नानी की टांगों पर कमली के हाथ देर तक चलते रहे, कभी ऊपर की ओर, कभी नीचे की ओर घूमते हुए देह को सुकून देते रहे. नानी का मन जाने क्यों आज बिना मां बाप की बच्ची के लिए दुखी होने लगा. अपनी बेटी के साथ साथ उसकी मां नगीना भी याद आ गई जो उनके घर में पनाह लेकर, अंत तक निभा गई. भगवान के रहस्य में कब कौन झाँक पाया है. दोनों हमजोली, हम उम्र, अपनी अपनी बेटियों को अमानत के तौर उसकी गोद में छोड़ गईं और पल भी नहीं लगा सोचने में कि नानी ने उनको आगोश में भरकर गले लगा लिया. पर बुरा हो इस विभाजन का जिसने धरती के साथ दिलों के भी टुकड़े-टुकड़े कर दिए. हिंदू और मुसलमान एक दूसरे के बैरी बन गए. सच तो यह है कि नानी का मन भी यहां और वहां की यादों के बीच में झूलता रहा.

नानी के अपने रिश्तेदार, भाई, बहन ने इस दरबदर होने के दौर में बंट गए. कुछ यहां आए, कुछ वहीं रह गए. ममता की छाती पर दरारें पड़ गईं. बस एक अपनी नातिन और एक न अपनी, न पराई नगीना की बेटी कमसिन, उन्हें संभालते संभालते अब नानी थक गई थी. उसने भी बहुत कुछ खोया था, बाकी रिश्तो की माला में बचे थे चार मोती - नानू, नानी मैं और कमली.

नानी सोच की गलियों से होती हुई अपनी पटसन वाली खाट पर लेटी लेटी, कमली की हाथों के दबाव् का आनंद लेती रही.

'नानी, गर्मी लगती हो तो पंखा झूलाऊं. गरम हवा भी तो बहुत है.' मासूम बच्ची की स्नेह भरी आवाज़ में न जाने क्या था कि नानी का ह्रदय करुणा से भर गया. अपनी टांग खींचते हुए, खाट पर उठ बैठी और प्यार से कमली के माथे पर हाथ फेरते हुए कहा - 'कमली अब तू भी देवकी के कमरे में जाकर आराम कर. सारा दिन काम करती रहती है. मेरी बातों को दिल से न लगाया कर. बूढ़ी हो गई हूँ, बड़बड़ की बीमारी हो गई है. आज से तू कमसिन नहीं, बस कमली है, मेरी कमली!'

'नानी!' कहकर वह कमली नानी की ममतामई गोद में समा गई.

'कल ही तेरे नानू से कहकर देवकी के स्कूल में तेरा भी दाखिला करवाती हूँ. तू भी उसके साथ रहकर पढ़-लिख लेना.'

और दादी की आंख से दो मोती लुढ़ककर छलके. एक देवकी के लिए, एक कमली के लिए!

मैं माँ बनना चाहती हूँ

हाँ यह उसकी अपनी आप बीती है जिसकी कड़वाहटों की घुटन में उसका दम घुटने लगा. वह बालपन की अवस्था में ब्याही गई, तेरह साल की ही थी जब घर ग्रहस्ती की दुनिया बसाई. घर के नाम पर टूटी फूटी ईंटों का बना एक बरामदा, जिसके बड़े सहन में ईंटों की एक दीवार से उसे दो कमरों में विभाजित कर दिया गया. बाक़ी रही खुले आँगन में एक चौड़ी हौदी, जहां नहाना, कपड़े धोना, बर्तन साफ करना वगैरह होता था. ग्रहस्ती बसते-बसाते पाँच बरस बीते, इस बीच वह बड़ी हुई, पर इतनी बड़ी भी नहीं कि वह अपने घर आँगन को फुलवारी बना सके.

सूने आँगन में किलकारियों की कमी खलने लगीं. 'लगता है यह कभी माँ नहीं बन पाएगी.' सास ऊंची आवाज़ में नीचा दिखाने की करती, जिसे सुनकर रेशमा शर्मनाक बेबसी की रिदा में और अधिक सिकुड़ जाती. वह बांझ न थी, बस अपनी कोख से बच्चे को जनम न दे पाई. वह औरत थी, और माँ न बनना उसके लिए एक श्राप बन गया. डॉक्टरों ने भी तपास करके उसके फिर से माँ बनने की हर संभावना को रद्द कर दिया. यही दर्द उसे सालता रहा, और सास की नुकीली नज़रों से वह घायल होने लगी. घर में एक खामुशी विराजमान सी हो गई. घर के दरो-दीवार उसकी उदासी के साथी बनकर अपनी जगह खड़े रहे और रेशमा अपनी जगह.

आखिर बीसवें साल में पाँव पड़ते ही रेशमा के मन में इस खाई को पाटने का विचार आया कि क्यों न वह अपनी अनब्याही बड़ी बहन नगीना की शादी अपने पति राज़दान से करवा दे, ताकि घर आँगन में ख़ुशी के सुमन खिल उठें. आखिर जो सोचा उसे हक़ीक़त का जामा पहनाने के लिए हर विरोध को उलांघती हुई, 'माँ' कहलाने की चाह में, पसरे हुए समय की कोख से उम्मीद के दिये जलने की राह देखती रही.

यह है मेरी काम वाली, बदनसीब रेशमा की आपबीती! उम्र में छोटी, पर तजुर्बों की भारी भरकम पोटली का भार सीने में लिए घूमती है. मैं जब भी विदेश से मुंबई अपने घर आती, वह सिर्फ़ एक फ़ोन करने पर, अपने निर्धारित समय पर आ जाती. रेशमा मुझे भाभी कहकर बुलाती, कुछ ऐसे नर्म अहसास भरे लहजे में कि मेरा रवैया भी उसकी ओर नर्म धागे से बुने रिश्ते की तरह एक खिंचाव महसूस करता.

मैं उसे तब से जानती हूँ जब से उसने अपने पति का व्याह अपनी छोटी बहन नगीना से करवाया था. उसके बाद उसे एक और काम की ज़रूरत पड़ गई, बस उसने मेरा काम पकड़ लिया जिसे वह आज तक निभाती आ रही है, चाहे मैं यहाँ रहूँ, या बाहर विदेश जाकर लौटूं. मेरी हर ज़रूरत का ख़याल रखती है, लेकिन अपनी ज़रुरतों का ख्याल न रख पाने के कारण आज इस चौराहे पर आ खड़ी है. आज रेशमा काम पर आई तो मैंने उसकी उदास आँखों में नमी देखी. पूछने पर कहा - 'भाभी दस दिन से दवा ले रही हूँ बच्चा होने की. आज डॉक्टर ने फिर बुलाया है. अब मैं अपना बच्चा चाहती हूँ.'

'पर तुमने बताया कि तुम्हारी बहन के तीनों बच्चे तुम्हारे ही है?' मेरी सवाली निगाहें उसके चेहरे पर अटक गई.

'भाभी मैं स्वयं को धोखा दे रही थी' - कहकर वह बर्तन मोरी में छोड़कर हम दोनों के लिए चाय चढ़ाने लगी.

'आपको आधा कप चाहिए या पूरा?' मेरी ओर देखते हुए उसने पूछ लिया.

'पूरा. बनाकर बाल्कनी में ले आ, मैं तब तक धूप में बैठती हूँ.' मैं हॉल से होते हुए बाल्कनी में पड़ी आरामकुर्सी पर बैठ गई और भटकते मन के साथ विचारों के आकाश में सैर करती रही.

रेशमा के सीने में कील की तरह धंसा हुआ दर्द मेरे भीतर पिघलकर, खुश्क आँखों में नमी ले आया. उसकी थकित मुस्कान आँखों में अस्पष्ट साये छोड़ गई. खुद अपने ही रचे हुए इतिहास के चक्रव्यूह में फंसी थी वह, हाँ बुरी तरह. बातों से मन को बहलाया जा सकता है, बोझ कम किया जा सकता है, पर छल तो छल होता है. घर का मंगल चाहने वाली औरत अब खुद भीष्म पितामह की मानिंद काँटों की सेज पर लोट रही है. उसके दृढ संकल्पी मन की चाह जैसे चीखने लगी - 'अब मैं अपना बच्चा चाहती हूँ.'

मेरी सोच में खलल पड़ा जब वह चाय व बिसकुट ट्रे में लेकर मेरे सामने रखते हुए खुद ज़मीन पर बैठी.

'अब आराम से कुछ पल बैठ, और मुझे बता कि आज ऐसा क्या हुआ है जो तुम इतनी विचलित हुई हो?' मैंने हाथ में चाय का प्याला लेते हुए पूछ लिया.

'भाभी क्या बताऊँ, घर तो घर वालों से होता है, बच्चों से होता है. होता है कि नहीं?' उसने पलटकर मेरी आँखों में झाँका.

नारी मन भी अजीब है. अपने सुख को भी सांझा कर लेता है और दुख को भी. जिस परिवार के लिए पति को सांझा कर लिया, आज वही परिवार उसे क्यों बेगाना लग रहा है?

'पर आज ऐसा क्या हुआ है, जो तुझे अपने बच्चे की अभिलाषा इतनी तीव्रता से महसूस हुई है? बरसों से तो अपने बहन के बच्चों के सदके उतारती रही. अपनी समस्त कमाई उनके सुख दुख के लिए लुटाती रही.'

'भाभी, बच्चों के लिए ही तो मैंने यह कदम उठाया. उठाने के पहले पति को मनाया, माँ को राज़ी किया, बहन की खुशामद की, सास से रजामंदी ली. और आज घर वाला मुझसे किनारा कर जाता है, कभी हफ्ते में एकाध बार मेरे साथ धराशयी बिस्तर पर कमर सीधी करता है और मैं उसके बेडोल शरीर के बोझ तले जैसे मसली जाती हूँ, निचोड़ी जाती किसी पुराने कपड़े-लत्ते के तरह. मुझे यह अहसास होने लगा है कि अब रिश्ते से ज्यादा स्वार्थ निभाया जा रहा है,' कहकर वह अपनी चुनरी से अपने रिसते हुए नाक और बहती आँखों को सोखने लगी.

'तुझे क्यों लगता है कि वे बच्चे तेरे नहीं हैं, और उनका बाप तेरा नहीं रहा है? पगली 16 साल व 14 साल की दो बेटियों की तू बड़ी माँ है, इतने विश्वास से तूने इस धर्म युद्ध को अंजाम दिया है, और आज?'

मेरी बात को बीच में ही काटते रेशमा उफ़ान के तरह उबल पड़ी - 'हाँ यह सच है, यह मेरी ही ज़िद्द थी, और मैंने वही किया जिसमें परिवार का भला था, सुख था. राज़दान ने कई बार समझाया, पर मुझपर नासमझी हावी थी! उसने तो ज़ोर देकर नगमा के सामने यहाँ तक कहा था - 'तुम अपनी मर्ज़ी से हमारा व्याह करा रही हो, क्या बर्दाश्त कर पाओगी?' और यह भी पूछा था – 'तुम हमारे साथ रहोगी या अलग रहना चाहती हो?'

यह सुनकर मैं ऐसे चौंकी जैसे किसी ने जलता हुआ अंगार मेरी झोली में डाल दिया हो. फिर भी ढलते हुए स्वर में मैंने कहा था - 'सभी के साथ.'

मुझे बताते हुए वह जैसे खुद से बतिया रही थी - 'मुझे भी बच्चों की लालसा थी, इसीलिए मैं साथ रहकर उस सुख को भोगना चाहती थी, देखकर जीना चाहती थी बीज से लेकर पेड़ होने तक की उपज को.' कहकर रेशमा ने चाय की घूँट के साथ अपने अन्दर का दर्द भी निगल लिया.

और हुआ भी यही, ब्याह को 12 महीने भी न हुए कि घर में खुशी का ऐलान हुआ-लक्ष्मी आई है. घर में लक्ष्मी आई, जिसका नामकरण रुखसाना के नाम से कर दिया. खुशनुमा ढोल बजे, बधाइयाँ अदला-बदली हुईं, और रेशमा का आँचल भी सास और पति की शाबासी से भर गया.

रुखसाना अब दो माओं के प्यार की छाँव में पनपने लगी, और वही प्यार गरीबी की रेखाओं को मिटाने में कामयाब हुआ. राज़दान को पगार में इज़ाफा मिला, रेशमा जो दो घरों में काम करती थी, अब चार घरों का करने लगी. धन की कमी न रही. एक साल और बीता कि घर में दूसरी लक्ष्मी आई. जिसका नाम 'आयशा' रखा, फिर बेटे के चाह एक तीव्र इच्छा बनकर सबके मन में धड़कने लगी.

बरकत जब आती है तो आ ही जाती है. राज़दान अब तीसरी संतान को बेटे के रूप में पाने की लालसा मन में धर बैठा. नगीना हर बात से बिलकुल निश्चिंत-बड़ी बहन ने छोटी बहन को बड़ी मालकिन का दर्जा जो दे दिया. नगीना दो बेटियों की माँ, अपने पति की चहेती, नाज़ नखरे भी उसके कम न थे. हार-शृंगार, लत्ते कपड़े, सब रेशमा ले आती. रेशम को लगा कि वह राज़दान की पहली पत्नी होने के एवज़ ओहदे में बड़ी थी, इसी कारण हर जवाबदारी का बोझ अपने काँधों पर ले लिया ... खुशी खुशी! और खुशी में इज़ाफा करने एक बार फिर आ गई घर में लक्ष्मी. अब उसे लगने लगा कि वह बड़ी माँ तो न बन पाई है, हाँ बड़ी जवाबदारी का

बोझ उसे एक और काम पकड़ने की कोशिश में मेरे घर तक ले आया! पांच घरों का काम, सोचकर वह दोहरी हो जाती. सबका पेट भरने की खातिर वह नितांत अकेली एकल जीवन की ओर धकेली जा रही थी.

अतीत की परछाइयों से बाहर आते ही रेशमा ने ट्रे उठाई और रसोईघर के ओर जाते हुए कहने लगी, 'भाभी अब मेरा होश ठिकाने आ गया है, मैं अब फिर से अपना बच्चा चाहती हूँ, अपना घर, अपना पति चाहती हूँ. इस काम की दलदल से भी छुटकारा चाहती हूँ. माँ कहलाने की ललक ने मुझे फ़क़त नौकरानी बना दिया है ... अब मैं माँ बनना चाहती हूँ.'

'इस बात की प्रतिक्रिया क्या होगी जब सब जान जायेंगे?' मैंने गौर से उसकी ओर देखते हुए पूछा.

'घर में हलचल मची है, परिवार के सदस्य तो परेशान हैं ही, पति भी विचलित है इस स्थिति से, और मैं उनसे अधिक परेशान हूँ. स्वयं नहीं समझ पा रही हूँ, या शायद स्वीकार कर पाने की स्थिति में अधिक बेचैन हो उठी हूँ कि बहन के बच्चे मेरे नहीं, मेरा पति भी मेरा नहीं. अब मुझे बच्चा चाहिए, अपना बच्चा और उसके लिए उसका साथ, जिसके लिए वह आना-कानी कर जाता है, मुझे बहलाता है, फुसलाता है यह कहकर - 'रेशमा ये दोनों तेरी ही बेटियाँ हैं, तुझे माँ कहकर नहीं पुकारती, बस 'मौसी' पुकारती है, इसमें इतना बुरा मानने वाली क्या बात है? क्या फ़र्क पड़ता है इससे, हैं तो हम सभी एक छत के नीचे, एक चूल्हा, एक परिवार, तू मन से यह गैरत वाली बात निकाल दे, माँ और मौसी क्या एक नहीं होती?'

'नहीं होती!' रेशमा की ज़िद अब नफरत में बदलने लगी थी ऐसा आभास मुझे उसके बात करने के रवैये से लगा. कारण ठोस था, यक़ीनन ठेस भी करारी लगी थी.

'आयशा अब दसवीं में है, कई बार रात देर गए घर लौटती है. एक दिन मैंने उसे किसी जवान लफंगे के साथ बाज़ार में हंस हंस कर बतियाते हुए देखा, एक बार फिर उसी के साथ कुल्फी खाते देखा, बस बदन में आग लग गई. उस दिन जब वह देर से घर आई तो मैंने सब के सामने उसे फटकारा. बात सब पर ज़ाहिर हुई और आयशा भड़क कर कह बैठी- 'मौसी, आप माँ से जलती हैं, इसलिए उनके मन में इस तरह ज़हर को घोल रही हो.'

'मैं ज़हर घोल रही हूँ या तुम अपनी ज़िन्दगी नरक बनाने पर तुली हुई हो. मैंने दो बार तुझे उस लफंगे के साथ देखा है. तेरे भले के लिए कह रही हूँ.' रेशमा ने राज़दान की ओर देखते हुए कहा.

'मौसी ... आप ...' आयशा इतना ही कह पाई कि राजदान ने बिगड़ती बात को बनाने के लिए रेशमा को शांत करने के लिहाज़ से कहा – 'मैं इस नादान लड़की को समझाऊंगा.' और फिर नगीना की ओर देखते हुए कहने लगा - 'तुम भी तो बड़ी लड़कियों की माँ हो, उनकी खोज खबर रखा करो. रेशमा अकेली कितना बोझ उठाएगी. वह बाहर के काम संभाल लेती है, कम से कम तुम तो बच्चियों का और चारदीवारी के भीतर का ध्यान रखा करो.' यूं कहकर रेशमा के कंधे पर हाथ रखते हुए उसे भीतर कमरे की ओर ले गया.

बिफरी हुई शेरनी की तरह रेशमा अपनी आप बीती की दीवार पर चिपके हुए याद के खुरदरे निशानों को कुरेदती रही. उसका मन शायद मुझे बातें बताते हुए अधिक घायल हुआ जा रहा था. ऐन समय पर नाजुक परिस्थितियों से घिरी रेशमा के मन की अवस्था को ध्यान में रखते हुए मैंने कहा - 'रेशमा यह उपवन तुम्हारे बोये हुए बीजों की फ़सल है. अब लडकियां बड़ी हुई है, पढ़-लिख कर अपने जीवन की डोर संभालना चाहती हैं. वे अपने माँ बाप की जवाबदारी है, तुम्हारा दखल शायद ही उन्हें बर्दाश्त हो. तुम यह क्यों नहीं समझ रही.'

'नहीं भाभी, अब मैं बिलकुल साफ साफ देख रही हूँ और समझ भी रही हूँ, कि उस स्वार्थ की चक्की में मैं पिसती जा रही हूँ. पहले तीन घर का काम करती रही, फिर पाँच का. सुबह नौ बजे की निकली थकी हारी तीन बजे घर पहुँचती हूँ, तो अक्सर खाना नसीब नहीं होता. घर में बहन के सिवा कोई नहीं होता. पति काम पर, लड़कियां स्कूल में और बहन अपनी नासाज़ तबीयत का बहाना कर के बिस्तर पर लेटी हुई मिलती है. कुंठित मन से नहा धोकर अपने और उसके लिए चाय बनाती हूँ और हर घूंट के साथ इन कड़वाहटों के ज़हर को भी पी जाती हूँ. अब लगता है मैंने अपने ही पाँव पर खुद कुल्हाड़ी मार ली है.'

मेरा मन सोच के रेगिस्तान में विचरता रहा. पति सांझा हो गया, बच्चे मौसी के न होकर माँ के हो गए, पति बंटा हुआ, और वह किसकी हुई? घर, काम और घर की तमाम जवाबदारी के बीच बंटी हुई रेशमा, भीतर ही भीतर यकीनन टूट रही है. हाथ काम में, पर मन अपने आने वाले कल के तानों बानों में भटकता होगा. घर की डहती हुई दीवारें अब पर्दे का काम करने में असमर्थ होती जा रही थीं. मैंने देखा वह लड़खड़ाते क़दमों से अपने शरीर के बोझ को ढोते हुए किसी तरह रसोईघर तक और नल को खोलते हुए फफक-फफक कर रोने लगी. चिंताओं की अनेक गठरियों की जैसे गांठें खुलने लगीं थीं.

'अरी रेशम तू जो ये दवा दरमल के रूप में जड़ी-बूटियों का सेवन कर रही है, क्या तुम्हारा पति जानता है. नगमा जानती है कि तू क्या सोच रही है, क्या चाहती है?'

'भाभी, मुझे पता है मैं क्या सोच रही हूँ, क्या चाहती हूँ? मुझे अपना बच्चा चाहिए, और मेरा पति वापस चाहिये. नगीना क्या सोचती है उससे मुझे कुछ लेना देना

नहीं. अब मुझे नगीना अपनी सौत लगती है, जो मेरे सामने मेरी छाती पर मूंग दल रही है. और ये 'मौसी' कहने वाली लडकियां मेरी नहीं, उसकी औलाद है. मुझे अब अपनी औलाद चाहिए.'

शिद्दत से की हुई पुकार मौला के दरवाज़े पर दस्तक देते हुए उसे खुलने पर मजबूर करती है. रेशमा की चाह भी एक दुआ बनकर उसकी खाली झोली भर पाने में सक्षम हुई. रेशमा को अब दो महीने का गर्भ है. थकान के बावजूद वह चेहरे पर मुस्कान व् ममता का एक नूर है, जिसे लिए वह एक घर से दूसरे, दूसरे से तीसरे, चौथे और आखिर मेरे घर आकर थाह पाती है.

'पगली कब तक यूं हांफ-हांफ कर काम करती रहेगी, तीसरा महीना है, कुछ अपना न सही इस नन्हें अंकुर का तो ख्याल कर.'

'भाभी परसों पहली तारिख से तीन घर का काम छोड़ रही हूँ.'

'मेरा भी!'

'नहीं आपका तो कभी नहीं छोडूंगी. लगता है यही मेरा पीहर है और आप मेरी माई-बाप. पैसे से ज़्यादा आपका प्यार मेरा हौसला बढाकर बल प्रदान करता है. सब काम भी अगर छोड़ दूँगी, तो भी आपके घर की चौखट नहीं छोडूंगी. मैंने राजदान को भी कह दिया है.'

'क्या कह दिया है पगली?'

'यही कि आपके स्नेह और आशीर्वाद से यह सब कुछ संपन्न हुआ है, मेरा घर बस रहा है, संसार सुहाना हो रहा है, और मैं माँ बनने जा रही हूँ ...'

'पगली तेरी आस व् सच्ची निष्ठां तेरी उपासना बनी है. यह ईश्वर का दिया हुआ वह वरदान है जो तेरे घर आंगन को किलकारियों से भर देगा.'

'भाभी, बस मुझे और कुछ नहीं आपका आशीर्वाद चाहिए....!' कहकर रेशमा ने निर्मला देवी के पाँव छू लिए!

'भाभी आशीर्वाद दीजिये!'

'पगली सबको मना ही लेती हो, भगवान को भी नहीं छोडती. सदा सौभाग्यवती भव, आयुषमान भव.' और खुद ब खुद निर्मला देवी के लरज़ते हाथ उसके सर पर स्नेह की छात्रछाया बन कर फ़ैल गए.

ममता का प्रवाहमान स्त्रोत्र न कभी रुका है न रुकेगा.

पेइंग गेस्ट

मार्च 13, होली का दिन.

अनुराधा माथुर से आज अचानक ही कार्टर रोड पर मुलाकात हो गई. पुराने स्नेह का बंधन था, रेशमी डोर से बंधा हुआ, कुछ समय साथ गुज़ारा था, अपनी संगीताचार्य के घर में- संगीत सीखते-सीखते, रियाज़ करते-करते, गाते-गाते! पुरानी यादें भी अजीब होती है, ज़हन के किसी कोने में दुबक कर बैठ जाती हैं, और मौका मिलते ही सिलसिलेवार दृश्य बनकर एक सिनेमा की फिल्म की तरह सामने आती रहती है, आती रहती हैं, जाती ही नहीं!

'अरे अनुराधा कैसी हो? कब आई हो न्यूयॉर्क से?' अपनाइयत से लबालब मेरी आवाज़ सुनकर जैसे ही वह मुड़ी, मैंने वही जाना पहचाना मुस्कराता चेहरा सामने देखा.

'अरे अलका तुम, व्हाट अ सरप्राइज! मैं तो एक साल से यहाँ हूँ, नया घर बन गया, छः महीने से नए घर में हूँ!' कहते अनुराधा ने आगे बढ़कर स्नेह से उसे गले लगाया.

'वही घर ना, जो अल्मेडा पार्क के सामने था, दूसरे माले पर.'

'हाँ वही तो, अब दो के बजाय तीन रूम हैं, दो बाथरुम और सातवीं मंजिल पर हूँ!'

'अरे तब तो तुम सातवें आसमान पर हो!' कहते हुए अलका भार्गव मधुर मुस्कान के साथ हंस पड़ी.

'हाँ वो तो हूँ, तुम अपनी सुनाओ, तुम्हारी 'ज्वेल पैलेस' का काम तो बड़े जोर-शोर से चल रहा है. कब तक मिलेगा घर?'

'शायद इसी साल दिवाली तक, ज़्यादा से ज़्यादा नव वर्ष के पहले.' कहते हुए अलका ने हाथ से एक ऑटो को रुकने का संकेत दिया.

'यह तो बहुत अच्छा हुआ, तुम्हें भी तो बड़ा घर मिल जाएगा.'

'हाँ वो तो है, एक कमरा पहले से ज़्यादा, चौथे माले पर. हाँ अब सीढ़ियां नहीं उतरनी-चढ़नी पड़ेंगी. चालीस बरस चढ़ना-उतरना बहुत हुआ, अब कुछ समय सुकून से जी लें'-कहते हुए वह हाथ हिलाकर रोड क्रॉस करने वाली थी कि इतने में हॉर्न की तेज़ आवाज़ से दोनों का ध्यान बंट गया. अनुराधा का पति अनूप माथुर उसे लेने आ गया था.

'अलका चलो मैं तुम्हें छोड़ते हुए जाती हूँ.' कहते हुए अनुराधा ने उसकी कलाई थामी, और रिक्शा वाले को जाने का संकेत दिया.

'अलका कहां रह रही हो आजकल?'

'अरे यहीं पास में, यूनियन पार्क के पास वाली गली में, बिल्कुल पांच मिनट का रास्ता है. मैं चली जाऊंगी.'

'अरे आओ बैठो भी, तुम्हें छोड़ते हुए चली जाती हूँ.'

'अनूप जी नमस्ते,' कहते हुए मैं और अनुराधा पिछली सीट पर बैठीं तो अनूप ने 'नमस्ते' कहते हुए गाड़ी यूनियन पार्क की ओर मोड़ दी.

जब अपनी गली के सामने मैंने उसे गाड़ी रोकने के लिए कहा तो उसके मुंह से अचानक निकला, 'अनूप यह तो वही गली है जहां मैं पी.जी. बन कर रही, उस समय जब तुम यू एस ए में दो साल ट्रेनिंग के लिए गए थे'.

'अरे मैं भी पी.जी. ही हूँ. दो महीने और रहूंगी, फिर लौट जाऊँगी.' अलका ने कहा

'तो क्या दिवाली में फिर वापस आओगी?'

'नहीं तब तक नहीं आऊंगी जब तक यह तय नहीं होता कि हमें पोज़ेशन कब मिल रही है. अच्छा चलो, फिर मिलते हैं.'

'ज़रूर,' कहते हुए अनुराधा आगे की सीट पर बैठी और दोनों ने हाथ हिलाकर मुझे बाय कहा. अब कार आगे की ओर बढ़ी.

अगले दिन कार्टर रोड पर ...

'अलका क्या तुम प्रिंस अपार्टमेंट में पांचवी मंजिल पर पी.जी हो?'

'हाँ पर तुम्हें कैसे पता पड़ा?'

'तुम गली में मुड़ी तो मुझे ख्याल आया कि कहीं तुम उसी अधेड़ उम्र की औरत की तो पी.जी नहीं जिसके यहां मैं आठ महीने रही. क्या नाम है उसका, अरे याद आया सपना जेसवानी!

'उसी के घर में तो रहती हूँ, अभी आए आठ नौ दिन ही हुए हैं, यू एस ए जाने तक यहीं रहूंगी'

'वह तो ठीक है पर उसने तो 'आंटी-आंटी' करके मेरे बालों के भी रोंगटे खड़े कर दिए थे. बाप रे बाप! सच कहती हूँ अलका.' कहते हुए उसने अपने दोनों हाथ कानों पर रख दिए.

मैं अनुराधा की ओर देख कर मुस्कुराई, पर भीतर ही भीतर उस बात की सच्चाई को महसूस करती रही.

'मुझे तो ऐसा कुछ नहीं लगा है, अभी आए आठ नौ दिन ही हुए हैं. हाँ, मैं उससे बड़ी हूँ इसी कारण 'आंटी-आंटी' कहती रहती है.'

'यहीं से तो शुरुआत होती है, पूरा रामायण सुनने में समय जाता है. और एक महीने के बाद तो दिमाग में सारी की सारी सुनी हुई बातें चलचित्र की तरह घूमती रहती हैं.'

'सच?' मैंने न जाने क्या महसूस करते हुए कहा.

'और नहीं तो क्या?' अनुराधा ने मेरे हाथ अपने हाथ से ताली बजाते हुए कहा.

'जो बात कल कहीं, वह आज और आज की कही फिर कल कहेगी. उसके दिमाग में सब बातें जाने क्यों ठहर गई है? और अगर है भी, तो हमारा उन बातों से क्या वास्ता? भाई कुछ भी कहो मेरा दिमाग तो पक गया था, एक महीने के बाद तो बदन में एक शिथिलता सी आने लगी. जब भी वह मेरे कमरे में आती और लेटने के पहले कहती - 'आंटी ज़रा पंखा तो कम कीजिए, मुझे ठंड बिल्कुल बर्दाश्त नहीं होती.' तो मैं रेगुलेटर को तब तक नहीं छोड़ती जब तक वह 'ठीक है' नहीं कहती,' कहकर अनुराधा ने एक लम्बी सांस ली.

मुझे समझ में नहीं आया कि मैं क्या प्रतिक्रिया करूं. मुझे भी एक तरह की घुटन का अहसास होने लगा था जब वह मेरे सामने बार-बार अपनी खर्चों का पूरा दफ्तर खोल के रख देती. उसकी बातें कहाँ से शुरू होकर कहाँ ख़त्म होती इसका अंदाजा लगाना मुश्किल सा हो गया था. याद आया, एक रोज़ खाना लेकर उसके रूम में डाइनिंग टेबल पर बैठी ही थी कि उसने रामायण का पाठ शुरू किया.

'आंटी आपको तो पता है महंगाई कितनी बढ़ गई है, बनिए का आठ हज़ार बिल अभी अभी चुकाया ही था कि कल फिर तीन हज़ार का दे गया है.'

'हूँ ...' कहकर मैंने पहला निवाला, रोटी का दाल में भिगोकर मुंह में डाला.

'आंटी, आपने गवार नहीं ली, मैंने भी एक चम्मच ली और आपके लिए थोड़ी रखी है, आप खा लो, उस लड़की के लिए मत रखिये. उसका कोई भरोसा नहीं है,

कभी खाती है, कभी नहीं.' अपनी सदा बहार मुस्कराहट चेहरे पर फैलाते हुए उसने कहा.

'गवार एक चम्मच ही है, उसके लिए छोड़ आई हूँ.' मेरा जवाब भी उस दाल में भीगी रोटी की तरह भीगा हुआ था.

'आप ही खा लें गवार, कितनी महंगी हो गई है. बस थोड़ी सी ही बनाई थी. मैं ले आऊं आपके लिए?' यह उसका पेटेंट तकिया कलाम था. पापड़ बना दूं, चाय बनाऊं....हाँ और कुछ हो न हो, खाना वह अपने लिए बनाती और मुझे भी मिल जाता. यह कोई छोटी बात नहीं, न बड़ी बात है. बात थी ज़रूरत की!

'अरे नहीं, ज़रूरत होगी तो मैं खुद ही ले लूंगी. आप रहने दो. मेरा पेट भर गया है.' एक अनजानी कसैली भूख से अतृप्त मन कराह उठा.

और न जाने क्यों मुझे वह पुरानी कहावत - 'अपने घर में हाथ और दूजे के घर में आंखें ढउ करती हैं,' की याद आई. मन की आंख से एक अनदेखा आंसू लुढ़का. आखिर मौके और माहौल की उपज से जो कुछ परोसा जाता है, उसे तो पचाना ही है.

अचानक मैं उस याद की खला से बाहर आई तो लगा अनुराधा मुझी से बातें कर रही थी. उसे लगा मैं उसकी बात सुन रही हूँ. पर ऐसा नहीं था, मैं तो अपनी ही आपबीती की रामकथा खुद को सुना रही थी.

'अलका क्या बताऊं मैं तो उसकी हर बात से कौ खाने लगी. शुरुआती दौर से जुड़ी बात है. जब रहने की बात हुई तब जाना कमरे में दो लड़कियां रहेंगी, बिस्तर शेयर करेंगी. बाथरुम एक ही था जो तीनों शेयर करतीं. किचन में अपनी चाय बनाकर पी जा सकती थी. नाश्ता और खाना वह देती है ऐसी बातें हुई और उसी अनुसार पैसे भी भर दिए ... मैंने उसे चार हज़ार ज्यादा दिए. सोलह की बात हुई थी, बीस दिए, कि चलो महंगाई है ... मैं कहां रोज़-रोज़ खाने के लिए बाहर

भटकती फिरूंगी. क्योंकि पहले दिन 1:30 बजे उसने टेबल लगाई और मुझे अपनेपन से बुलाने लगी कि 'आओ आंटी खाना खाओ.' मैंने भी सहज-सहज खा लिया और उसके अगले दिन उसे बीस हज़ार देते हुए कहा - 'मैं दोपहर को भी यहीं पर खाना खाऊंगी.'

'अपने लिए तो वैसे ही मैं बनाती हूं मुझे भी अच्छा लगेगा आपका साथ. मेरा मन आजकल कहीं नहीं लगता. कहीं आ-जा नहीं पाती. नौकरानियों के लिए, धोबी के लिए बैठना पड़ता है. बस घर की होकर रह जाती हूँ. आप अच्छा करती हैं लिखने पढ़ने में व्यस्त रहती हैं.'

'बिज़ी तो आप भी रहती हैं, आसान नहीं घर में दो-दो पी.जी रखना और उनके साथ निभाना.' मैंने उसके हुनर को सम्मान देते हुए कहा.

एक हफ्ता और गुज़ारा तो मुझे अनुराधा की बातों का अर्थ समझ में आने लगा. उम्र के 75 साल गुजर जाने पर कोई इतना अनजान और अनाड़ी भी नहीं रहता कि इनसान का रवैया न समझ पाए, व् उसकी बातों की सतह को न छू पाए. अपनी कमियों और कमज़ोरियों पर फतह पाते हुए देखना किसे अच्छा नहीं लगता?

कभी कहती -मेरी एक पी.जी थी, बहुत अच्छी. बाहर जाने के पहले मेरे कमरे में आकर कह जाती,'मैं जा रही हूँ. और आती तो 'हाय आंटी' कहने आती.'

मैंने इशारा बखूबी समझ लिया.

कभी कहती -एक तो बहुत गंदी थी, चाय जाकर रूम में पीती, और खाना भी वहीँ ले जाती. झूठे बर्तन दो-दो दिन वहीँ पड़े रहते. मुझे बड़ी कोफ्त होती है गन्दगी से.'

किसी और का जिक्र करते हुए कहती -'वह खाना खाती तो आधा थाली में ही बचा कर फेंक देती. कभी पूछने पर चिड़ जाती और कहती -'I am sick and tired of eating that same darnn food of yours everyday.'

धीरे धीरे मुझे अनुराधा का कहा कि हर बात में उसके दिमाग में जाने क्यों ठहर गई है? बिलकुल सही लगी, पर अब बात उसकी नहीं, मेरी है. क्यों ये बातें अब मेरे दिमाग में ठहर गई हैं? वह हर नए दिन एक नया सन्देश देने से नहीं चूकती. और तो और हर दिन खाने की मेज़ पर बैठते हुए कभी इसकी, कभी उसकी, कभी किसी ब्यूटी पार्लर की, कभी गुरूद्वारे की, कभी बनिए की तो कभी डॉक्टर के बिल की बात ज़रूर करती, उफ़!

अनुराधा की कही बात फिर याद आई - 'भाई कुछ भी कहो मेरा तो दिमाग पक गया था, एक महीने के बाद तो बदन में एक शिथिलता सी आने लगी.' वही हालत मेरी होने लगी थी. मैं भी कौ खाने लगी, एकांत की सुरंगें ढूँढने लगी.

कभी-कभी एक मूक दर्शक होकर देखती हूँ तो लगता है कि हर दिल में कहीं न कहीं कोई न कोई, अधूरी इच्छा दबी हुई होती है, जो विपरीत परिस्थितियों में पलकर अपनी भड़ास निकालने के रास्ते ढूंढ लेती है, यह सोचे समझे बगैर कि उसकी प्रतिक्रिया सुनने वाले के मन पर क्या होगी?

जैसे अचानक मेरे कमरे के दरवाज़े पर आकर कहती- 'आंटी चाय पियोगी?'

मेरे भी नापा-तुला उत्तर रहता - 'मैं बनाती हूँ.'

कुछ देर में ही रसोई घर में जाकर चाय चढ़ाई, तो पीछे से आकर मीठे स्वर में कहती है - 'आंटी आप दो रोटियां बना दोगी. मोटी बनेंगी, एक मेरी एक आपकी ... चावल से पेट नहीं भरता मेरा, मुझे रोटी ज़रूर चाहिए होती है.' हर कार्य के

पीछे की मनोदशा बताये बगैर भी काम चल जाता है तो गुफ्तार में अलग-अलग रंग भरने से क्या फायदा?

मेरा मौन मेरी हामी बन जाता जब वह दो शब्दों में कहता - 'चाय के बाद बनाती हूँ!'

और ... एक दिन हैरत में डाल दिया उसकी बात ने.

'आंटी चाय पियोगी?'

मेरा भी नपा-तुला उत्तर था - 'मैं बनाती हूँ.'

'वही कह रही हूँ, आज से मेरी चाय मत बनाना. कल मेरी बेटी का फ़ोन आया, उसने अपनी बेटी को दूध पिलाना बंद कर दिया है. कहती है गाय भैंस को भी हारमोंस इंजेक्ट कर रहे है. आप भले ही बनाकर पी लें.'

बात की बात कुछ-कुछ समझ आ रही थी. मैंने अपनी चाय बनाई और पी ली. दूसरे दिन सुबह-शाम अपनी बनाकर पी और बहुत अच्छा लगा कि कुछ दिन इस 'रामू' को छुट्टी मिली है. तीसरे दिन देखा उसकी टेबल पर चाय के दो कप खाली पड़े थे. अपनी कही बात के विरुद्ध ये हुआ, तो क्यों? बागी मन छिड़ गया. अपनी बनाई, मेरी नहीं? अगर बनानी ही थी तो मुझे न पीने का सन्देश क्यों दिया? क्या चाहती है? ये छोटी-छोटी बातें दिमाग में छोटी-छोटी गांठें बनकर सोच को एक अलग दिशा में ले जाती. बहुत सोचती और खुद को समझाती. मुझे कौन सा यहाँ हमेशा रहना, तीन महीने बीत गए, बाकी एक, छोड़ो. जो चल रहा है चलने दो. पर नहीं. बातों का सिलसिला कुछ विस्तृत होता जा रहा था. एक सुबह मैंने चाय बनाई, पी पर सुबह की सैर को न जा सकती, पौने सात हुए थे, सपना बाहर जाते हुए कहने लगी, 'आंटी मैं ज़रा वाक करके आती हूँ, आप मेहरबानी करके धोबी को ये बाहर रखे कपडे देना. शादी के कपड़े हैं, ज़रा

अच्छी तरह से इस्त्री करे, उसे समझा देना. यह नया धोबी है, पुराना वाला गाँव गया है.'

उफ़! मुझे उसके नए पुराने धोबी से क्या करना है, पर उसकी हिदायतों की हद नहीं.

क्या एक अदने इंसान की सोच का विस्तार इतना विशाल हो सकता है, जितनी हम उड़ान भरते हैं? हक़ीक़त में इतना ऊंचा हमारा क़द नहीं. अपनी ही आंच में इनसान झुलसता है और उसे पता ही नहीं चलता.

और एक दिन खाने के वक़्त कहा - 'आंटी आपको तीन महीने का लाइट का बिल भरना पड़ेगा. मेरी और लड़कियां भरती थीं. मेरा बिल्ल १२-१३ सौ आता था, अब १९०० , २००० आ रहा है. आपको देना पड़ेगा. मैंने रंजना के साथ हिसाब किया है.' रंजना मेरी रूम-मेट थी - जवान, हसीन, मॉडर्न, बहुत ही आकर्षक, जो १५०० भरती थी.

'ठीक है आधा वह दे, आधा मैं देती हूँ. मैं तो पहले ही आपको उससे ५००० ज़्यादा देती हूँ. पर अब आप उससे भी लें और मुझसे भी. किया हुआ हिसाब बता दें, तो मैं आधा दे दूँगी.' मैंने बात को वहीं विराम देते हुए कहा.

'आप रंजना से कहें!' उसने मेरी आँखों में शरारती मुस्कान से निहारते हुए कहा.

'अरे मैं क्यों कहूँ वह आपकी पी.जी है मेरी नहीं.'

वह बिलकुल चुप हो गई और मैं कमरे में चली गई. कभी कभी दो राहों के बीच से रास्ता निकलना कठिन हो जाता है.

दूसरे दिन से खाना प्लेट में लेकर अपने कमरे में जाती, वहीं खाती और बर्तन उसी समय रसोईघर में जाकर धो आती. यह भी एक उसूल था. बातों बातों में

कह सुनाया था. 'मैंने पहले वाली पी.जी से कहा रखा था, कि अपने बर्तन मांज लिया करे. आजकल बाई लोग बहुत किटकिट करती है, आपको तो मालूम है आंटी.'

(बिलकुल मालूम है, जो नहीं मालूम था वह भी जानने लगी हूँ ... मन की मैना बोल उठी. यह पहले महीने की बात थी, मैं दोनों वक़्त खाने के बाद प्लेट, कटोरी साफ़ करने लगी, और चाय बनाने के बाद चाय का बर्तन और अपना कप). क्या-क्या न सीखना पड़ रहा है ज़िन्दगी के इस मोड़ पर? पर इस तरह, संकेतों की भाषा में, ऐसा अवसर पहले मिला न था.

एक बार उनके मुंह से निकल गया — 'आंटी मेरी सास बहुत चालाक थी, बातों-बातों में बहुत कुछ कह देती, उगलवा लेती थी.'

अब मेरे मन की मैना कहाँ चुप बैठने वाली थी - कह उठी,'तुम भी तो उलटे सीधे संकेत करती रहती हो. कभी बर्तन के बात, कभी चाय पीने की बात, कभी न पीने की बात, कभी बिजली तो कभी कुछ! उफ़, किसी दिन अपने ही जाल में उलझ जाओगी ... संभल जाओ ... मतलब है 'बाज़ आ जाओ!'

दो महीने साथ रहकर रंजना 17 मई को चली गई. दूसरे दिन कहा - 'आंटी अब आप मुझे 30000 देना, मैं दूसरा पी.जी. नहीं रखूंगी. आपके बाद दो जवान लडकियां रखूंगी. एजेंट कहता है आंटी की उम्र के कारण जवान लड़कियां कम मानती हैं.'

अजीब तर्क है अपनी सुविधा से बनाया और अपनी सुविधा से नियम तोड़ दिया. तीन दिन बाद एक औरत दस दिन के लिए रहने आई, मेरे साथ, उसी कमरे में,

बस रंजना का खाल उसने भर दिया. एक दिन का रु. 500, सिर्फ चाय नाश्ते का वादा किया सपना जी उसके साथ.

और मुझे कहा - 'आंटी अब आपका बोझ कुछ कम होगा. 5000 कम देना.

मैं गणित की मास्टरनी, इस हिसाब किताब में यूं उलझी कि दिमाग ठिकाने लग गया. मेरे भीतर की मैना बोली, 'वाह सपना जेसवानी, सपने को सच बनाने का कितना सरल रास्ता चुना है. जहाँ जो फंसे, धर दो उसकी गर्दन पर कात!'

मैना कह उठी, 'तुम्हारी वो तो चालाक थी ही, कम तो ...' चुप हो जा, मैंने जैसे मैना का गला घोंटते हुए कहा. अभी तो बीस दिन गुज़र करना है, पैसे भरे है.'

हाँ एक बात तय है - यह मन माया का संगम इंसान को सिर्फ और सिर्फ एक चौकीदार बना कर छोड़ता है. घर की चौकीदारी करते-करते हर आहट पर कान खड़े हो जाने का अंदेशा रहता है. पी.जी. रखना मानो अपना सुकून-चैन गिरवी रखना. हर काम की, हर हुनर की एक कीमत होती है, जो कभी देनी पड़ती है, कभी लेनी पड़ती है. लेकिन इस जिए हुए, भोगे हुए तजुरबे ने मुझे यह आश्वासन दिला दिया कि 'this is not my cup of tea.' इस काम में मुझे कहीं भी कोई फायदा तो नज़र नहीं आया, बल्कि घाटा ही घाटा दिखाई दिया. ठगा हुआ इंसान किस ओर जाए, जिसके पीछे खाई और आगे कुआं हो.

खैर अब बहुत हुआ, इस जंगल की भूलभुलैया से निकलने को, रिहा होने को जी चाहता है. बहुत सोच विचार के बाद मैंने अनुराधा को फ़ोन करके पार्क में बुलाया और अपने मन की बात उसके सामने रखी. उसने सुनने के बाद मेरे हाथ को अपने दोनों हाथों से सहलाते हुए कहा - 'अलका अब मुझे फिर उस अंधे कुँए में न ले जाओ, जहाँ से निकलने में मुझे पूरे दो साल लगे. और तुम भी तो बीस दिन

में वापस लौट कर जा रही हो. इस बारे में ज़्यादा मत सोचो.' कहकर उसने मेरा हाथ पकड़ा और खींचकर पार्क से बाहर ले आई. एक रिक्शे को रोका, जिसमें हम दोनों सवार होकर जहाँ जा रहे थे वह तब जाना जब अनुराधा ने ऑटो वाले से कहा, 'जुहू गोकुल आइसक्रीम पार्लर'.

मन ही मन मुझे ठंडक का अहसास हुआ. कार्टर रोड की हवाओं के साथ एक आइसक्रीम की ठंडक का स्वाद लेने के लिए साथी का होना लाज़मी है, जो दोनों सखियों ने एक दूसरे की भरपाई करते हुए आनंद उठाया. पुरानी दोस्ती, पुरानी शराब की तरह. दोनों एक ही कैदखाने की घुटन से रिहाई पाने के लिए जा रही थीं. 'जुहू गोकुल आइसक्रीम पार्लर'. तो चलिए हम और आप भी वहीँ मिलते है. कहते हैं न! दस्तूर भी है, मौका भी है, माफ़ी भी है!'

इस समय मैं दो घंटे से कार्टर रोड पर बैठी सूर्यास्त का आनंद लेते हुए लिख रही हूँ और सोच रही हूँ कि यह इनसान की कैसी अवस्था है कि वह अपने आपे से बाहर हो कर फिर अपने ही भीतर की दुनिया में विलीन हो जाता है.

मैं उसकी भी लाचारी देख रही हूँ, महसूस कर रही हूँ, तन से, मन से वह बोझिल रहती है, खाने पीने के लिए बैठती है तो उठने की कोशिश नाकाम हो जाती है. पर खड़े खड़े वह कितना सारा काम कर लेती है-नितांत अकेली. ऐसा नहीं कि मददगार नहीं है, दो नौकरानियां हैं. बर्तन, सफाई वाली, और खाना बनाने वाली. दूसरी से वह सिर्फ रोटियाँ बनवा लेती है, और भांजियां खुद बना लेती है – यह कहकर कि मुझे किसी के हाथ की सब्जी अच्छी नहीं लगती. और इसी बोझिल थकान के कारण कभी टेबल पर बैठे बैठे, कभी सोफे पर लेटे लेटे ही नींद के

आगोश में चली जाती है. कभी रात भी जागते-जागते बीत जाती उसकी, चुगुलखोर चादर सुबह सिलवटों से सजी हुई दिखाई देती.

यह बेहद लंबे अरसे की तनहाई का अंजाम है. कहती है, 'सत्तावीस की थी तो पति चल बसा. छोटी बेटी, बहुत छोटी थी जो आज 48 साल की है और बड़ी ५० की. दोनों शादी के बाद अपनी अपने घरों में खुश हैं. यही सुकून एक माँ के लिए वरदान है. बस अब वह है जो परिश्रम के बोये हुए बीजों की फसल काटती आ रही है, दस साल से पी. जी रख रही है जो जीविका का साधन बन गया है. एक कमरा है, एक हाल. कमरा दो लडकियां बाँट लेती है और वह हाल में अपना संसार बसाए हुए है-खाना पीना, उठना बैठना और सोना. सुविधा है, शांति है पर उसका यह अतीत जो बार-बार दोहराया जा रहा है अब एक खौफ का गुब्बार बन कर सामने मंडरा रहा है. सच में उसे देखकर, उसके पास बैठने से कौ खाता है मन, कतराने लगता है यह मन.

मैं एक लेखिका अपने भीतर सिमटाव करके कुछ शब्दों में सोच को आकार दे देती हूँ, पर वह फिर भी उसके मन की हलचल के साथ इनसाफ़ नहीं कर पाती. सोचने वाली बात है. ऐसी स्थिति में कोई भी हो सकता है. कुछ लोग ऐसे कोहराम को ज़ब्त कर लेते हैं, विष को पचा लेते हैं, अपनी परिस्थितियों से सुलह कर लेते. पर कुछ उसी दायरे में जी लेते हैं, अपने आस पास एक चक्रव्यूह बना लेते हैं और अपनी ही सोच के कैदी बन जाते हैं.

अब मैं खुद सोच में हूँ कि वक्त, परिस्थितियां इनसान से क्या कुछ नहीं करातीं? आदमी आदमी न रहकर एक बेबसी में बंधी हुई कठपुतली की तरह वही करता जाता है जो जिंदगी उसके सामने परोसती है. अपने बीते कल और आने वाले कल के सपनों को साकार करने की आशा किसी ने नहीं छोड़ी, सपना ने भी

नहीं! वह जलकर बुझती है, बुझकर जलती है, टिमटिमाती हुई आशाओं के नित नए कोंपल उगते हुए देखती है. किसी ने सच कहा है-

हर रोज चुपके से निकल आते हैं नए पत्ते

यादों के दरखतों के क्यों पतझड़ नहीं होते?

जंगल जलकर रोता रहा तन्हाई में

लकड़ी उसी की थी दियासलाई में

इंसानों कि भीड़ में किसको किससे अलग करें? किस तरह दावा करें कि कौन तराजू के इस पल्लड़े में है, और कौन उस पल्लड़े में? सिर्फ़ एक मात्र सच्चाई यही है कि देने वाले का हाथ लेने वाले के हाथ के ऊपर होता है! बावजूद इसके तय करना मुश्किल है कि कौन लेनदार है, कौन देनदार? पर कोई तो है जो सबका पालनहार है ... वही देता है, वही लेता है. शायद वही सभी को अपना पी.जी बनाए हुए है, बहुत कुछ देकर, कुछ न लेकर!

प्रायश्चित

वह अनपढ़ थी. पढ़ाई क्या होती है, इसका बीज शायद बचपन से उसके कोमल ज़ेहन में बोया ही नहीं गया, या परिस्थितियों ने इजाजत ही न दी. छोटे से गांव की गूंगी गाय सी यह अल्हड अनाड़ी सी लड़की खेती-बाड़ी में काम करते हुए बड़ी हुई. रईसी क्या होती है, ऐशो-आराम क्या होता है उसे पता ही नहीं था? परिश्रम करना, पानी भरना, ढोरों को चारा डालना और दूध दही बाज़ार में जाकर बेच आना, यही काम उसके बस का था.

जिसके लिए वह काम करती थी, वह उसका कौन लगता था इसका भी उसे पता न था. गांव की जवान युवतियों के मुंह से सुना था कि जब वह चार साल की थी तो उसके माता-पिता गांव में आई बाढ़ में डूब गए और वह खुद इस बंदे के पल्ले पड़ गई. वह था तो पिता की उम्र का, पर मटमैली नज़रों का धनी था. जैसे ही वह कुछ समझदार हुई तो उसे लगा कि पीरसन की छेदती निगाहें उसके जवान बदन को चीरकर आरपार होते हुए उसे नंगा करती रहतीं. वह जब सोलह साल की हुई तो उसे गाँव के मंदिर में ले जाकर पंडित को साक्षी बनाकर अपनी पत्नी बनाकर घर ले आया. गाँव के लोगों से 'गृहलक्ष्मी' कह कर परिचय करवा दिया. परिचय क्या था, उसकी पत्नी होने का ऐलान था. वह कुछ भी न थी, पर अब गृहलक्ष्मी से लक्ष्मी बन गई.

संसार की रचना का आदि मूल सूत्र शायद इसी एक रिश्ते की बुनियाद पर खड़ा है. इनसान और पशु में एक ही फ़र्क रहा है. इनसान सुविधानुसार मर्यादा का

पालन करता है और उसे धर्म का नाम दे देता है, बाकी किसी भी लक्ष्मण रेखा को पार करने में वह किसी जानवर से कतई कम नहीं. ऐसे विचार लक्ष्मी के मन में अकसर पैदा होते जब भी 'वह' उसके साथ हैवानों जैसा बर्ताव करता, उसके शरीर को मांस के लोथड़े की तरह रौंदता उसके साथ संभोग करता.

यह भावना तब ज़ोर पकड़ने लगी जब वह माँ बनी. जब 'मोना' पैदा हुई तो वह और व्यस्त रहने लगी. तीन सालों के बाद 'मोहन' पैदा हुआ. अब लक्ष्मी कुछ-कुछ मान-अपमान की परिभाषा समझने लगी. मोना के सामने अपने पति के मुंह से तिरस्कृत शब्द सुनती तो अपमान की आग में झुलसने लगती. वह अपनी बेइज्जती इतनी बार करा चुकी थी कि इज्ज़त क्या होती है यह अहसास भी उसके शब्दकोश से स्थगित हो चुका था. बस बयाँ होती थी स्थिति, जब वह 'आदमी' शराब पीकर, मदहोशी में झूमते हुए घर आता, और काली रात के ढल जाने पर दिन की रोशनी में सिर्फ लक्ष्मी के शरीर के नीले निशान ही उस सच को ज़ाहिर करते.

इसी तरह कुछ साल बीते और देखते-देखते मोना दस साल की हो गई. चाहे वह बाप से डरती थी, पर माँ के लिए उसके मन में हमेशा एक सॉफ्ट कॉर्नर रही. गांव के स्कूल में पढ़ती थी. कभी जो पढ़कर आती उसे माँ के सामने दोहराते हुए कहती - 'माँ, मास्टर ने बताया कि ज़ुल्म करने वाला गुनहगार है, पर ज़ुल्म सहने वाला भी उससे बड़ा गुनहगार है, क्या यह सच है, या फ़क़त किताबों में दर्ज है?'

मोना माँ से यह सवाल बार-बार पूछती - 'माँ तुम क्यों कुछ नहीं कहती, क्यों चुपचाप सह लेती हो?

'....' माँ की चुप्पी एकमात्र जवाब होती.

'माँ कुछ तो कहो.' मोना फिर पूछती.

बस सवाल खुद को बर बार दोहराता रहा. लक्ष्मी जवाब दे तो क्या? वह रोकर सहे, या चिल्लाकर सहे, ख़ामोश रहे या शिकायत करे, खुद को बांटे न बांटे, क्या फर्क पड़ता? ज़ुल्म तो ज़ुल्म है, एक करता जाये, दूसरा सहता जाये, शायद इस घर का यही नियम बन गया. उसके पास और कोई विकल्प ही न रहा. अब तो वह दो बड़े बच्चों की माँ भी थी. चुप्पी में अपनी ग़नीमत समझ कर मौन रहती.

मोना और मोहन दोनों ने माँ की कोख से जन्म तो लिया पर कभी पालने में झूल न पाए थे. उन्होंने कभी माँ की प्यार भरी लोरी नहीं सुनी. बस सुनी तो सिर्फ पिता की कड़कती हुई आवाज़ या उसके लोहे जैसे हाथों से माँ के नाजुक बदन पर कड़कती बिजलियों जैसी मार की आवाज़. वे छोटे थे, पर इतने भी छोटे नहीं कि वे यह भी न समझ पायें कि उनकी माँ पर जुल्म हो रहा है. लेकिन वे दोनों बेबस और मजबूर थे. जानते थे, हर रोज़ रात को जब उनके पिता घर में घुसते, तो किस तरह माँ सहमी-सहमी सी अपना चेहरा सूत की चुनरी से ढांप कर खाट के कोने पर एक पोटली की तरह बैठी हुई होती, और उनके आते ही उठ खड़ी होती. 'अब इस तरह क्या खड़ी हो? जाओ पापड़, पानी ले आओ ...' और वे कपड़े बदलकर फ़क़त एक बनियान और एक बरसों पुरानी लूंगी पहनकर उसी खाट पर लेट जाते. कभी तो घर में घुसते ही गालियों की बौछार शुरू कर देते - 'न जाने मैं कैसे इस जंजाल में फँस गया हूँ? फ़कत मैं एक ही कमाने वाला, और तुम तीनों बैठ कर खाने वाले. तुम क्यों नहीं कुछ हाथ पैर चलाती? चार पैसे कमाओगी तो पता चल जाएगा कि काम करना क्या होता है? परिश्रम का पसीना बहाना क्या होता है? निकम्मों की तरह रोटी पका कर, रोटी खाकर, बिल्कुल बेसूद सी हो गई हो.'

लक्ष्मी ऐसे जहरीले शब्द सुनने व् झेलने की आदी हो गई थी, आज नहीं, पिछले दस सालों से. एक कहावत है 'नई दुल्हन नौ दिन, ज़्यादा से ज़्यादा दस दिन!' पर लक्ष्मी को तो दस दिन भी नयी नवेली होने का सुख नसीब न हुआ था, सुहागन के सारे अरमान धरे के धरे रह गए. मिला तो फ़क़त यह चूल्हा-चौका, वही झाड़ू-पोता, जैसे यही उसकी विरासत हो!

कभी-कभी मोना और मोहन आपस में आंखों की अनुच्चारित भाषा में बतियाते. एक दिन लक्ष्मी पर इतनी मार पड़ी कि उसे तेज़ बुखार चढ़ गया. उसके शक्तिहीन बदन से जैसे किसी ने प्राण खींच लिए. खटिया पर बिना हिले डुले पड़ी कराहती रही. मोना अब छोटी न रही, बारह साल की हो गई थी. वह क्षुब्ध नज़रों में माँ की ओर देखते हुए कहने लगी – 'भगवान करे ऐसे बाप से बाप न हो तो ही अच्छा है.'

इस बात को एक हफ्ता गुजर गया. हालात ने न सुधरने की ठान ली. घाव भरने का नाम ही न लेते. हक़ीम से दवा लाकर पिता ने मोना को देते हुए कहा,'यह माँ के घाव पर लगा दो, घाव जल्दी ठीक हो जाएंगे, और दवा दूध के साथ पिला देना.'

मोना का गुस्सा अभी ठंडा नहीं हुआ था. जुल्म सहने की भी हद होती है. पहली बार पिता के सामने ज़ुल्म के खिलाफ़ आवाज़ उठाते हुए कहा - 'ठीक हो जाएगी, फिर क्या? फिर मार खाएगी, फिर गिरेगी, पड़ेगी, कराहती रहेगी और फिर मरहम लगाने पर उठ खड़ी होगी, फिर से मार खाने के लिए! इससे बेहतर यह है कि आप उसे एक ही बार इतना मारें कि वह मर जाये, और इस पीड़ा से मुक्ति पा ले. मुझे तो याद नहीं आता है कि मैंने कभी माँ मुस्कुराते हुए देखा है, या कभी इस घर में मान-सम्मान पाते हुए देखा है. इसके साथ तो हमेशा बदी का व्यवहार होता आया है, और करने वाला कोई और नहीं, आप ही हैं. जोरावर के

आगे कमज़ोर का क्या बस चलेगा? उसे पड़ी रहने दो, पड़े-पड़े मर जाने दो,' कडवाहट का ज़हर उगलने के पश्चात वह रोने लग गई. मोहन छोटा था, पर था तो उसका भाई. अपनी दोनों बाहें बहन के गले में डाल कर उसे चुप कराने लगा.

उसके पिता के तो जैसे होश उड़ गए. भीतर एक बिजली कौंधी, कुछ लर्जिश सी हुई और कुछ भरभराकर टूटता, गिरता महसूस हुआ. मार खाने वाला मौन पर उसकी दो मजबूत बाहें उसका कवच बनकर खड़ी है. अब लक्ष्मी निर्बल नहीं. एक दिन ये बाहें इतनी मजबूत हो जायेंगी कि वे उस पर वार करते हुए हथियार को भी थाम लेंगी. उसे महसूस हुआ जैसे वह खुद लक्ष्मी का रक्षक नहीं, उसका भक्षक बन गया हो, अपने घर को खुद ही आग लगाने वाला एक राक्षस. आज उसने अपने मन के आईने में अपना बदसूरत अक्स देखा और उसे खुद से घृणा होने लगी. आंखें भर आई. निराशा में एक आशा जागी. वह उठा, हाथ मुंह धोकर रसोईघर में गया, थोड़ी खिचड़ी पकाई, थाली में लेकर मोना के सामने आकर खड़ा हुआ.

'यह अपनी माँ को खिलाओ,' कहते हुए आंखें शर्म से नीचे धरती में गाड़े वह खड़ा रहा. उसकी आँखें तर थीं.

'आप ही जाकर उसे खिलाओ,' बेरुखी के साथ मोना ने जवाब दिया. भीतर ही भीतर मोना सचेत थी. उसे पता था कि ये प्रायश्चित के आंसू है जो उसके पिता की आंखों में तैर रहे थे. पर वह प्रायश्चित की इन्तेहा देखना चाहती थी. प्रायश्चित और माफ़ी दोनों आमने-सामने खड़े थे. पिता ने थाली उठाई और लक्ष्मी की खाट के आगे जा खड़ा हुआ, इस अहसास से बेखबर कि लक्ष्मी नींद में भी आंसू बहाते बहाते सो गई थी. दमकते मोती से आंसू भी उसके गालों पर ही सो गए थे.

अब मोना से रहा न गया, उठ कर अपने पिता के पास आकर खड़ी रही. उनकी आंखों में आंखें डाल कर जैसे उनसे कोई वादा लिया, और फिर माँ के हाथ पर हाथ रखकर धीरे से कहा - 'उठो माँ, उठकर खिचड़ी खाओ, बाबा ने अपने हाथों से बनाई है.'

लक्ष्मी ने आंखें खोलीं. पति को अपने सामने पाया, इनसानी जामे में एक नया स्वरूप. उठने की नाकाम कोशिश की फिर निर्बलता के कारण आंखें मूंदकर यूँ ही लेटी रही.

'तुम लेटी रहो, मैं तुम्हें चम्मच से खिलाता हूँ.' कहकर उसने एक चम्मच खिचड़ी का भरकर लक्ष्मी के मुंह की तरफ बढ़ाया और लक्ष्मी के मुंह खोलने का इंतजार करने लगा. लक्ष्मी ने खिचड़ी खाई और साथ में अपने आंसुओं का पानी भी पिया. खाने-पीने का स्वाद अमृत जैसा भाया. आंखें खोलकर पति की ओर देखा, फिर बच्चों की ओर. मोना के मुंह पर मुस्कुराहट का उजाला फैला हुआ था. पिता की ओर देखकर उसके गले में अपनी बाहें डालते हुए खनकती हंसी के फव्वारे सी झरझरित वाणी में बोली - 'बाबा, खिचड़ी में तो आपने नमक डाला ही नहीं, फीकी खिचड़ी क्या खाक स्वाद देगी!'

सुनते ही पिता की छलकती आंखें ज़मीन में गढ़ गईं. सभी के चेहरों की मुस्कराहट एक मुखरित हंसी में तबदील होते-होते एक ठहाके की गूँज बनकर चारों ओर फ़ैल गई.

रखैल की बेटी

वह यूँ ही खड़े-खड़े यादों के न जाने किन गलियारों से होता हुआ एक के बाद एक सिलसिलेवार ज़ंजीर का कैदी बनता जा रहा था. ज़ंजीरों की कहीं कमी तो नहीं? उन यादों की अनेक कड़ियाँ थीं, जो उसके ज़ेहन के तहों में दफन थीं. एक याद आकर जाती, उससे पहले दूसरी उसके साथ जुड़ जाती. ये बेड़ियाँ ही तो हैं जो मर्यादा की परिधि में एक औरत को बांधे रखती हैं, मुक्त ही नहीं होने देती ... वह सोचता रहा.

प्यार, परिवार और त्याग की परिभाषा!

क्या औरत का यह रूप भी हो सकता है? कहानी किस्सों में पढ़ा है, सुना ... पर जीवन पथ पर अपने ही तन-मन की चारदीवारी की क़ैद में धंसी एक माँ के त्याग की परिभाषा प्रत्यक्ष सुनने, समझने और महसूस करने की हद तक मिलेगी, इसकी कल्पना मात्र से बदन में बिजली सी सिहरन बहने लगती, दिल में बिजली की तारों जैसी झनझनाहट थिरकने लगती, करंट की तरह डंक मारतीं. यादें ज़ेहन में एक दूजे को धकेलती हुई अपने वजूद को ज़ाहिर करने में रफ्तार से दौड़ लगातें.

आंध्र प्रदेश में रहने वाले लोग, ज़्यादातर स्त्रियां अपने प्रांतीय आचरण की, उसकी सभ्यता व संस्कृति की मुरीद होती हैं. वे औरतें अपनी रहनी करनी, बनाव-श्रृंगार

का हमेशा ख्याल रखतीं हैं. उनके काले घने बालों की बुनी लंबी चोटी में गूंथे नारंगी व् सफ़ेद रंग के फूल उनके सौंदर्य को चार चाँद लगाते हैं. इन्हीं वसीलों से सुसज्जित होकर वे अपनी दिनचर्या के कार्यों को अंजाम देते हुए अपने अस्तित्व की पहचान बनाये रखती हैं.

सुबह-सुबह उठ कर, पहले घर की चौखट के बाहर झाड़ू मारना, पानी छिड़कना, गोबर का लेप लगाना, अंत में पोछा लगाकर सफेद रंग के पाउडर (मोंगू) से चौखट के बाहर सुंदर रंगोली सी बनातीं, जो घर के भीतर आने वाले का स्वागत करती. फिर खुद नहा-धोकर साफ-सुथरी सूती साड़ी पहन, पूजाघर में कुल-गुरू के सामने ज्योत जगा कर अपने गले में पड़े लाल-काले मोतियों और सुनहरी दानों वाले मंगलसूत्र, जिनके बीचोंबीच दो सोने की कटोरी नुमा सूत्र और उनके बीच एक रूबी समान लाल पत्थर के उस सूत्र पर चंदन और हल्दी का टीका लगाती और भगवान के नाम का जाप करते हुए उसे अपनी आंखों पर रखती. सुहागन होना वैसे भी एक औरत का सौभाग्य है और मां बनना उसकी पूर्णता का प्रतीक! गले में मंगलसूत्र व हल्दी सने पावों में बिछुए उनकी पहचान, उनकी सुहागन होने की निशानी, उनकी संस्कृति का प्रतीक व् प्रमाण! तंगम्मा भी अपने अस्तित्व की मर्यादा को अपने वजूद के साथ एकाकार करके पुरुष प्रधान समाज में अपना स्थान बनाकर अपने लिए एक महफ़ूज़ दायरा बनाने की कोशिश में सबसे अधिक प्रयासरत रहती.

सोच की परछाइयों से हक़ीक़त के दरवाज़े तक ले आने वाली, उसकी दी हुई दस्तक के जवाब में पुरानी खोली का दारवाज़ा खोलने वाली की कर्कश आवाज़ ने जैसे उसे नींद से जगा दिया.

'कौन है? जाने कौन सुबह सुबह अपना सुख बर्बाद करके औरों का सुख लूटने चले आया है?' दरवाज़े की सांकल खोलते ही उस सुकन्या ने अपने सामने एक सुशील नौजवान को खड़े पाया.

'कौन हो भाई? यहाँ क्या कर रहे हो?' वह एक ही सांस में पूछ बैठी.

वह खामोशी से उसे निहारते हुए मुस्कराने लगा.

'टुकुर- टुकुर कर क्या देख रहे हो? क्या सुनाई नहीं देता या बहरे हो?' कर्कशता बरक़रार रही.

'...' उसकी झूकी हुई आँखें, खामोश लबों से तालमेल खाती रही.

'अरे कुछ तो बोलो ... क्या गूंगे हो? कहते हुए वह भी उसकी ओर निहारने लगी.

'कुछ भी नहीं, बस यूँ ही ...' कहते हुए उसने एक भरपूर नज़र उसपर डाली और मुस्कराते हुए लाया हुआ पान उसकी हथेली पर रख दिया.

'तुमने क्या मुझे बाज़ारू औरत समझ लिया है, जो आए दिन मुंह में पान बीड़ा दबाये, मेरे लिए एक लेकर दरवाज़े की सांकल खटखटाते हो, जैसे मेरा हाथ मांगने की भूमिका बांध रहे हो.'

वह चुपचाप आंखें झूकाये मंद मंद मुस्कराता और उसकी ओर यूँ देखता रहा जैसे वह कोई उसकी अपनी खोई हुई टकसाल हो.

छरहरा बदन, क़द 5'3', तीखे नयन नक्श, सांवला रंग, जिस पर केसरी रंग की साड़ी, जिसका काला बार्डर उसके तन पर कसे हुए काले ब्लाउज़ के साथ सौन्दर्य को दुगुना कर रहा था. हाथ में हरे रंग की काँच की चूड़ियाँ, बालों के बीच मांग, मांग में भरा लाल सिन्दूर, माथे पर बड़ा सा लाल टीका जो उसकी सादगी में सौन्दर्य का प्रतीक बनकार दमक रहा था. नज़र जैसे जैसे चेहरे से होते हुए नीचे

उतरती तो पतली कमर में ठूंसा हुआ साड़ी का अस्त-व्यस्त पल्लू उसके यौवन की हिफाज़त पर उतारू होता दिखाई पड़ता. कमर के आस पास चिकनी चमड़ी पर से होता हुआ, चांदी का एक घुँघरुओं से जड़ा छल्ला झूलता हुआ, उसके हर क़दम पर कमर की लचकन के साथ कुछ ऐसी हलचल मचाता जैसे किसी ने ठहरे पानी में कंकर उछाला हो.

समूचे शरीर पर से नज़र थिरकती हुई आकर उसके पावों पर अटक जाती. हल्दी सने पैरों की दूसरी उंगली में पड़े बिछुए उसके नारीत्व को सम्पूर्ण कर रहे थे. अचानक उस ललकारती तेज़ आवाज़ ने जैसे उसे फिर नींद से जगाया.

'तुम्हें शर्म नहीं आती, इस तरह किसी लड़की के यहाँ रोज़ आना-जाना, क्या तुम्हारे घर में कोई माँ बहन है या नहीं?'

'...'

'क्या मुंह में मोती उगे हैं, जो मौन धारण कर लिया है?'

'...'

'अगर आंखों ने अपना काम पूरा कर लिया हो तो तुम यहां से रफा दफा हो जाओ. मुझे अपने घर का काम करना है' कहते हुए उसने जोर से दरवाजा बंद किया.

उल्टे पांव घर के भीतर जाते हुए राजम्म सोचती रही कि यह कैसा इंसान है? जवान तो है, सुशील भी है. इतनी डाट-डपट व् तिरस्कार के बावजूद भी पलट कर ग़लत शब्द का इस्तेमाल नहीं करता. कभी औरत के लिए बुरे व् अपमानित लफ्ज़ नहीं बोलता. क्या उसका यहां आना किसी उद्देश्य की पूर्ति है या उसके मन में कोई लालसा या इच्छा है जो वह व्यक्त नहीं करता, या करना नहीं चाहता? क्या जाने किस मजबूरी के तहत वह आए दिन यहां आता है, रुकता है, मुस्कुराता

है और बहुत सी कड़वी बातें सुनकर लौट जाता है फिर आने के लिए.' यह सोच उसे बार बार जकड़ती जाती.

अगली बार जब उसकी दस्तक के जवाब में राजम्म ने दरवाजा खोला तो उसे देखते ही अपने भीतर की सारी कड़वाहट उंडेलते हुए पांव का जूता निकाल कर बाहर फेंकते हुए कहा - 'अपनी इज़्ज़त का ख्याल नहीं, न सही, कम से कम किसी लड़की के मान की धज्जियाँ तो मत उडाओ! तुम क्यों समझ नहीं रहे हो?'

'...'

वह मौन के दायरे में मूक खड़ा उसकी ओर देखता रहा.

'मेरी बदनामी से तुम्हें क्या मिलेगा?' वह जैसे उसे गलियाँ देते-देते, तिरस्कार करते-करते हताश हो गई थी. कुछ कहते-कहते फिर चुप सी हो गई.

मैं ...मैं ...' कहते-कहते वह भी चुप हो गया.

'यह क्या बकरी की तरह मैं-मैं कर रहे हो? तुम्हारी नजरें एक तेज धार की तरह मेरे बदन को भेदने में माहिर है, पर क्या तुम्हारी जबान को लकवा लग गया है. कि ...'

राजम्मा अब कहने को तो बहुत कुछ कह जाती पर उसकी सोच यह दावा करती रही कि कोई तो बात है जो इतना सुनने के बाद भी, वही सौम्य मुस्कान चेहरे पर लिए वह लौट आता है, जहाँ इसके पहले कोई इस तरह सब्र और सभ्यता के पैमाने पर कोई खरा नहीं उतरा.

वह वापस आने के लिए लौट जाता, उस कडवाहट को अमृत में बदलने के लिए. माँ के ख़त से मिली हुई जानकारी उसे थी, पर राजम्म तो अनजान थी. वह परखना चाहता था कि उसकी माँ जाई कितने पानी में है? क्या वह उस घर के संस्कार इस घर में ले आई है, माँ के दिए हुए संस्कारों का पालन कर रही है?

और एक दिन जमी हुई बर्फ़ पिघल गई. दरवाज़े पर दस्तक देते ही जैसे दरवाज़ा खुला तो वह कह बैठा - ' राजम्म मैं तुम्हारा ... भा ... भाई ना ... नाराय ... ण ... तंगम्मा और नागेश्वर अय्यर का बेटा ...' कहते हुए वह भीगी आंखों से उसकी ओर देखने लगा.

'नारायण, मेरे भाई!' वह खुशी के छलकते हुए आंसुओं से तर चेहरा अपनी साड़ी के पल्लू से पोंछती जैसे उमडती हुई नदी की तरह आकर नारायण की चौड़ी छाती से लग गई.

नारायण ने राजम्म को अपने सीने से लगाते हुए, सर पर हाथ फिराया तो राजम्म को लगा कि वह एक घने शजर की छाँव तले खड़ी है.

'तुम ... तुम यहाँ कैसे भाई ... कैसे पता चला कि मैं यहाँ हूँ.'

इससे पहले कि वह और कुछ पूछती, नारायण ने उसके सर को थपथपाते हुए कहा, 'बहन, मां की चिट्ठी में तुम्हारा परिचय मिला और यह पता भी. इसी कारण मैं तुम्हारे सामने खड़ा हूँ.'

'भाई मेरे ... भाई ... मैं भी यहाँ एक बरस से माँ के आदेशानुसार तुम्हारा ही इंतज़ार कर रही हूँ. माँ ने तो यहां भेजने के पहले मेरा स्वरूप ही बदल दिया, लगा जैसे मैं माँ का नया अवतार हूँ. और बार-बार ताकीद करते हुए दो तीन बार आपके नाम का लेते हुए, आपके इंतजार करने की कड़ी हिदायत दी. पूछने पर यही कहा कि वह आकर तुम्हें बता देगा, और सँभाल लेगा. और मैं बस मैं यहाँ उलझनों के दरिया में डूबती तैरती आपका इंतज़ार करती रही.' कहकर वह जैसे अपने बरसों से खोए हुए भाई की ओर सूने नयनों से देखने लगी.

'तो तुमने भी मुझे नहीं पहचाना?' कहता हुआ वह एक दबी मुस्कान को ज़ाहिर होने से रोकने लगा.

'नहीं इसीलिये ऐसी गुस्तखियाँ कर बैठी ... पर वह पान ले आना?'

'अरी पगली, बस यूँ ही देख रहा था कि माँ के दिये हुए संस्कार कैसे इस आँगन में महक रहे हैं, जिनकी खुशबू मुझे यहाँ तक खींच लायी है.'

'भाई मुझे माफ कर देना. मैंने तुम्हें उन मर्दों की कतार में खड़ा किया जो औरत को फ़क़त विलास की वस्तु समझते हैं ... और ...'

'अरी पगली, तू सब कुछ भूल जा. अब तू अकेली नहीं, तेरे साथ तेरा बड़ा भाई है.' कहते हुए नारायण ने घर की ओर देखा.

'भैया मेरी नादानी ने मुझसे क्या कुछ न कहलवाया!' अभी वह बात पूरी भी न कर पाई कि नारायण ने बीच में बात काटते हुए कहा – 'राजम्म, तुम और मैं एक ही माँ की कोख से जन्मे हैं. पर मेरा पिता नागेश्वर अय्यर और तुम्हारे पिता राघवन नागर. तुम्हारी खातिर माँ ने अपने ही बेटे से नाता तोड़ा और तुझे अपनी बेटी स्वीकार किया. बहुत बरस बीत गए, मैं माँ के आँचल की छाँव को तरसता रहा, पर उनके जीवन की त्यागमय पगडंडियों को याद करके नतमस्तक हो जाता हूँ. मेरे पिता एक हादसे में अपंग होकर, बस बिस्तर के हवाले हो गए... मैं शायद उस समय पांच साल का रहा होऊंगा शायद. माँ मुझे स्कूल भेजकर पिताजी की ज़रूरतें पूरी करके उसे खाना खिलाकर कुछ हिदायतों के साथ घर के बाहर चली जाती, और रात देर से घर लौटती जब मैं सो चुका होता. फिर यह सिलसिला तीन साल चला. एक दिन पिताजी को अटैक आया, और वे परलोक पधारे. एक तरह से माँ को उस दोगली ज़िन्दगी से निजात मिल गई. पर मैं फिर भी घाटे में रहा. माँ का प्यार मिला, मुझे नहीं तुझे! माँ ने एक तरह से मेरा त्याग कर दिया, ताकि तू उन के जीवन के गलियारे का कोई अक्स अपने दिल के परदे पर न उकेर पाए.' कहते-कहते वह जैसे धुंध की परछाइयों में खो सा गया, अपने बीते हुए कल को आज के साथ जोड़ता रहा.

'राजम्म, यही तो वह घर है जहां मैं पैदा हुआ, बड़ा हुआ पर इतना बड़ा नहीं कि अपनी माँ के किसी काम आ सकूं. अपने अपंग पिता के लिए भी मैं कुछ नहीं कर पाया. जो कुछ किया माँ ने किया. उसने अपना आपा गंवा कर मेरी और तुम्हारी पहचान बनाने में बहुत कुछ खो दिया.' कहते हुए नारायण राजम्म का हाथ थामे अपने ही घर में कदम रखते हुए सामने पसरी हुई खाट पर बैठा. वह शून्य नज़रों से उन दीवारों को देखने लगा जिनपर उसके बचपन की यादों के अनेक अक्स अब भी बाकी थे. राजम्म रसोई घर में जाकर चाय का पानी चूल्हे पर चढ़ाकर, अपने भाई के लिए पानी ले आई.

'भैया माँ के बारे में कुछ और बताइये ना?' आतुर आवाज़ में राजम्म कह उठी.

'यही वह बस्ती है, जहाँ माँ ने तुझे बेटी बनाकर पनाह लेने के लिए मजबूर किया. एक सुहागन के महान चरित्र में तुझे ढाल दिया. अपंग पति जब तक था, वह इसी चाल में अपना घर संसार बसाये हुए थी. तब वह मेरी माँ थी, मेरी बदनसीब माँ, जो अपने बेटे की पढ़ाई लिखाई के लिए राघवन नागर के अहसानों तले दबी उसके साथ वफ़ादारी का वृत निभाती रही, क्योंकि वह हर माह मेरी पढ़ाई का, और हॉस्टल में रहने का खर्चा बर्दाश्त करता था.'

'भैया, पर माँ की ऐसी कौन सी मजबूरी रही होगी जो वह यह घर छोड़कर नागेश्वर के घर रहने चली गई, जहाँ उसे जिल्लत के सिवा कुछ भी न मिला.' राजम्म अब अधिक जानने के लिए सवालों के तांते बांधने लगी.

'हाँ, माँ अपने व्रत का पालन करने में प्रबल रही. मेरे पिता नायर तो कई साल तक एक अपंग का जीवन बिताकर आखिर इस जहाँ से छुटकारा पा गए, और माँ को आजादी के नाम पर एक बदरंग क़ैदनुमा जीवन जीने के लिए छोड़ गये. मैं नागेश्वर का बेटा और तुम राघवन की बेटी, पर हमारी माँ वही है जिसे उसने रखैल बनाकर रखा.'

'मत लो उसका नाम मेरे भाई, वह पिता के नाम पर एक दरिंदा था. औरत क्या है, उसका त्याग और बलिदान क्या होता है मुझसे पूछो? मैं तो उसी माँ का बेटी हूँ जिसने मुझे पहचान देने और दिलाने के लिए सब कुछ दाव पर लगा दिया. खुद को कलंकित नामों से सुसज्जित करवाती रही. राघवन खुद उसे कभी 'छिनाल' तो कभी 'रांड' जैसे नामुराद नामों से संबोधित करता, तो कभी अपने मित्रों के सामने बड़े ही गर्व से उसे अपनी 'रखैल' का दर्जा देते हुए, मेहमान नवाजी के तौर तरीके सीखने के लिए ललकारता. कुछ ऐसे जैसे कोई अपने मुलाजिम को भी नहीं पुकारता.' राजम्म घायल शेरनी की तरह गुर्राने लगी.

'राजम्म, उस औरत ने तो जिंदगी से सुलह करते हुए सब कुछ स्वीकारने का निर्णय लिया. आर्थिक बेबसी ने कुछ न करने की बेड़ियों में उसे यूं जकड़ लिया कि माँ ने उस ज़मींदार राघवन नागर से अपने परिवार के लिए कुछ वक्त उधार लिया, बाद में जिसकी वह रखैल बनकर रही. 'छिनाल' व 'रखैल' का संबोधन सुनते सुनते वह जैसे इस अलंकार को भी अपना गहना मान बैठी. जब घर के अन्य सदस्य भी उसके सामने तिरस्कार से थूक जाते, तब भी वह अपने धर्म से परे न हो पाई. वचनबद्ध इंसान एहसान फरामोश कैसे हो सकता है? उसने अपने नारीत्व, मातृत्व व पतिवृतता अपनी मर्जी से गिरवी रखे, जिसके एवज़ उसका अपंग पति नागेश्वर अय्यर कुछ सालों तक इलाज पा सका. लेकिन उसकी मौत के पश्चात भी माँ ने अपना सिंदूर नहीं मिटाया, अपने गले से मंगलसूत्र, और पाँव के बिछुए नहीं उतारे. सदा सुहागान का वरदान समझ कर सजाये रहती.

राजम्म को अपना वह बचपन याद आया जहां उसने अपनी माँ तंगम्मा को एक भारतीय आदर्श नारी के रूप में देखा. राघवन नायर उसके पिता थे, पर न के

समान. जब से उसने आंख खोली थी, अपनी समझ से अपनी मां को बहुत कुछ झेलते हुए पाया, वह गालियां जो खुद नहीं सुन सकती थी, मां को सुनते हुए, बर्दाश्त करते हुए पाया. घर के और सदस्य भी तिरस्कृत भाषा में उसे संबोधित करते.

'अरी ओ छिन्नाल, कलमुंही क्या तुझे ज़रा भी लाज नहीं आती. उस भड़वे के कमरे में रात-दिन सड़ती रहती है।' यह आवाज़ आस-पड़ोस के झरोखों से नित नए सुर में सुनाई देती.

एक कहती---

'अरी यह नामुराद क्या पतिव्रता धर्म की मर्यादा भूल गई है जो उसकी रखैल होने का फ़र्ज़ पूरा कर रही है. इस लड़की के लिए अपने बेटे का त्याग कर दिया ... उसे कहीं दूर पढ़ने के लिए भेज दिया है. अब बेटी को भी इस बस्ती से दूर रखने के सपने बुन रही है. अरे बदनाम बस्ती के बदनाम लोगों के बीच अभी भी इसकी शराफ़त पल रही है. देखो तो सही, कैसे पतिव्रता धर्म की पालनहार बनी फिरती है?'

दूसरी कहती---

'एक तरह से काम से काम रखती है. किसी की बातों में नहीं पड़ती. जब से पहला पति मरा है, राघवन के मकान को घर बनाने में लगी है. बेटी को भी काफी गुण कूट कूट भरे हैं. औरों सी नहीं है यह!' वह दूसरी उसके पक्ष में कहती.

'औरों सी नहीं तो कैसी है बता?' पहली औरत तुनक कर नाक मरोड़ती.

और राजम्म किवाड़ की आड़ में अपने आप को माँ की नज़रों में तोलती को कभी औरों की ईर्ष्यापूर्वक नज़रों में तोलती. संधि का कहीं नमो-निशान न होता.

ख्यालों की दुनिया से हक़ीक़त से सामना करते हुए राजम्म ने नारायण की ओर देखते हुए कहा, 'माँ के प्रतिभामान संस्कृति का सौंदर्य, उसका व्यहवार लांछन व उल्लाहना से परे रहा, इसका मुझे अंदाज़ा है भाई.'

'मैं भी बस इसी एक रिश्ते का कायल हूँ. पिताजी के गुज़रते ही राघवन ने धाक ज़माने की कोशिश की. बाद में मेरी पढ़ाई के खातिर माँ ने अपने आप को दाव पर रख दिया. इधर मैं हॉस्टल में और माँ राघवन के घर में रखैल बनकर रहने लगी. लेकिन वह सब कुछ बर्दाश्त कर सकती थी, पर यह कभी नहीं कि कोई कोई तुम्हें 'रखैल की बेटी' के नाम से संबोधित करे. बाकी तुम जानती हो.' कहते हुए उसने अपने अश्क सोख लिये.

'भैया, माँ के त्याग की मर्यादा वंदनीय है, इसी लिये शायद मुझे एक सुहागन का पैरहन एवं श्रृंगार वरदान में दिया, और तुम्हारे आने का इंतजार करने के लिये अनुरोध किया. मेरे भाई तुम उनकी उम्मीदों पर खरे उतरे हो, मुझे इस बात पर गर्व है.' कहते हुए राजम्म उठी और अपने भाई के चरणों को छूने के लिये झूकी. नारायण ने बड़े भाई का फर्ज निभाते हुए उसके सर पर हाथ फेरते हुए कहा - 'एक बात याद रखना, अब तुम सिर्फ़ और सिर्फ़ मेरी छोटी बहन राजम्म हो और अपने इस घर की मलिका हो. मैं सिर्फ़ माँ की बात का मान रखने का प्रयास कर रहा हूँ. उस देवी ने मुझसे अपने दूध की कीमत मांगी है. एक बड़ा भाई बनकर छोटी बहन की रक्षा करो और उसके जीवन पथ के मार्गदर्शक बनो! जहाँ मैं रहती हूँ, उस बदनाम बस्ती की ओर भूलकर भी रुख न करना. भूल जाना कि तुम्हारी कोई माँ है, बस दोनों मेरे संस्कार की लाज निभाना और खुश रहना.

- सदैव तुम्हारी अभागन माँ.'

'नारायण भैया ...' कहते हुए राजम अपने भाई के सीने से लग गई.

मनोभावों की लहरों से किनारों का संगम परिपूर्ण हुआ.

स्वाभिमान

बच्चा निरंतर रोता रहा, इस क़दर कि रोते-रोते उसका गला खुश्क हो गया. उसकी आवाज़ गले में अटक सी गई. बार-बार उस मासूम बच्चे के रोने की आवाज़ ने मेरे मन में अनगिनत अहसास जगाये, जो मुझे अपने माज़ी के कैदखाने में फिर से घसीट कर लेकर जाते रहे. कानों में रोने की आवाज़ कुछ ऐसे उतरी कि मेरे अंतर्मन में तूफानों सा तहलका तांडव करने लगा. एक ज्वाला सी मन में उत्पन्न हुई उन बेजवाबदार माँ-बाप के लिए, जो उस बच्चे को इस तरह ठंडी घास पर लिटाकर खुद न जाने कहां गुम हो गए? इतना भी ख्याल न रहा कि सूरज ढलने को आया है और रात का अंधेरा चारों ओर हावी हो रहा है. बच्चे की ओर से इतने गैर जिम्मेदार, लापरवाह कि बस ... हद हो गई है.

मैं बच्चे के क्रंदन से मन से जुड़ी रही. सर्दियों के कारण शाम का धुंधलका भी गहरा होता रहा. बाग़ में बैठे छोटे-बड़े, एक-एक करके उठते हुए अपने-अपने ठिकानों की ओर रवाना होते रहे. मैं भी उठने का विचार कर ही रही थी कि बच्चे के रोने की आवाज ने एक बार फिर मुझे उसकी ओर आकर्षित किया. मैं बेंच से उठकर खड़ी हो गई, जहां पिछले दो घंटे से अपने माज़ी के नए पुराने रिश्तों के बेजोड़ जोड़ में उलझी रही. फिर से बच्चे की रुलाई ने मुझे उन ख्यालों की जंजीरों से मुक्त किया. उठकर चारों ओर देखा, फिर उस ओर क़दम बढ़ाये जहां से आवाज़ आ रही थी.

क़दम दर क़दम आगे बढ़ाते हुए, एक पेड़ के नीचे चादर पर चार पांच महीने का बच्चा रोता बिलखता दिखाई दिया. ठंड के कारण ज़ोर-ज़ोर से रोते-रोते वह क्लांत हुआ जा रहा था. कभी वह अपने हाथ पांव मार कर खुद की असहाय अवस्था का इज़हार करता, तो कभी मुंह में अपना अंगूठा डालकर निद्रा की गोद में विश्राम पाने का प्रयास करता. आगे जाकर देखा, बच्चा अच्छा खासा खूबसूरत था. भरा हुआ बदन, गोल चेहरा, बड़ी-बड़ी आंखें, पैरों में सुंदर ऊन के मोजे, हाथों में चांदी के सफ़ेद और काले मोतियों के कड़े. आंखों में पड़ा काजल, रोने की वजह से आंसुओं के साथ उसके गुलाबी गालों पर कालापन पोत गया था. रोते-रोते उस बच्चे की आंख लग गई थी.

मैंने चारों ओर निहारा, बाग़ काफी वीराना हो चुका था. बस कुछ नौजवान लड़के लड़कियां यहां वहां बेमक़सद घूम रहे थे, पर किसी का भी ध्यान बच्चे की आवाज़ की ओर न गया था. मैंने तुरंत अपने कंधों पर पड़ी शॉल बच्चे के बदन पर डाली दी. क्या करना है, क्या नहीं करना है, यह निर्णय लेने की कशमकश अभी भी जारी थी.

ऐसी ही इन तहाई कशमकश के दौर से पहले भी गुज़री हूँ मैं. दस साल पहले ऐसी ही एक उलझी डगर पर मेरी जिंदगी आकर ठहरी थी. उस कशमकश के दौर में मुझे एक फैसला लेना पड़ा, घर छोड़ने का कठोर फैसला. कारण तब भी बच्चा ही था!

मेरी शादी बीस साल की उम्र में हुई, तेरह सदस्यों के स्वस्थ-संपन्न परिवार में. मेरा पति घर का सबसे छोटा बेटा था. मेरे जेठ के तीन बच्चे, मंझले देवर के दो

बच्चे, मेरे सास-ससुर, मैं और मेरा पति सुभाष. शादी के बाद मेरा नाम अर्चना से बदलकर 'रचना' रखा गया.

'रचना एक कप चाय तो दे देना.' आवाज़ मेरे बड़े जेठ की होती.

'और बहू, अपने ससुर को भीगा हुआ दांतुन तो दे आना.' यह आवाज़ सास के दुलार भरे आदेश की होती - 'और सुनो उनकी पतलून में नाड़ा भी डाल देना.'

'जी मांजी!'

'जब फुर्सत मिले तो मेरी चिलम भर देना बहू.' काम में इज़ाफा करते बड़ी सास ज़ोर से आवाज़ देकर कहती.

प्यार में बंधी उनके आवाज़ों के पीछे भागते-दौड़ते, कैसे सुबह से दोपहर और दोपहर से शाम हो जाती, पता ही नहीं चलता. सभी को खुश रखने की चाहत जैसे एक जूनून बन गई. मां ने भी तो विदाई के समय यही कहा था - 'सबको अपना समझ कर उनका मान-सम्मान करना, सेवा करके खुश रखना. उनकी छोटी-छोटी सेवाओं से उनके दिल में अपनी जगह बनाने की कोशिश करना!'

एक तो बाली उमर, दूसरा माँ के दिये हुए संस्कारों की मर्यादा, और तीसरा बड़ों का आदर-सम्मान व् सेवा करने की इच्छा मुझसे यह सब कुछ कराती रही.

उनकी ख़ुशी की खातिर खुद को भुलाने में बड़ा सुख मिलता. माँ ने यह भी कहा था-'उनकी ख़ुशी में खुश रहने का वरदान क्या होता है यह तुम तब समझोगी जब तुम खुद अपने बच्चों की माँ बन जाओगी.'

बार-बार कहे गए माँ के शब्द कोमल हृदय पर अंकित से हो गए. और सब सच भी लगने लगा, क्योंकि घर के सभी सदस्य मुझ पर कुर्बान जाते थे. एक तो उन्हें सुंदर सयानी समझदार बहू मिलने की खुशी, दूसरा सबकी हाँ में हाँ मिलाने का मेरा हुनर उन्हें बहुत रास आया. मैंने माँ की जो बात गांठ बांध कर रखी थी, वह कारगर हुई.

रात को सब सदस्य खाना खाने के बाद, दिन भर का समाचार आपस में बाँटते, सलाह-मशवरा करके अपने अपने कमरों में जाते. बहुएं बारी-बारी से सास के कमरे में जाकर उसके पैर दबातीं. मैं, परिवार की छोटी बहू होने के नाते, कभी-कभी बड़ी जेठानी के पांव भी दबा दिया करती थी.

सुभाष का स्वभाव हंसमुख था. संयुक्त परिवार होने के कारण घर में हमेशा शोरगुल रहा करता था, पर एकांत का लुत्फ़ लेने के लिए कभी वह मुझे बाग में, तो कभी पिक्चर ले जाता. मैं खुश, बहुत खुश थी. अपनी माँ के घर मैं अकेली संतान थी, कोई न बात करने वाला, न खेलने वाला, न बांटने वाला था. बड़े संयुक्त परिवार में रहते लगा कि दो या तीन बच्चे होने ज़रुरी है. अगर बेटी हो और उसकी शादी हो जाए तो बेटा साथ हो. रिश्तों का बड़ा बीहड़ न सही, एक छोटी से बगिया तो हो, जहाँ बहन के बच्चों का कोई मामा हो, या भाई के बच्चों की कोई बुआ हो. एक बच्चे से तो रिश्तों में बरकत आने से रही. यह मेरी अपनी सोच थी जो यहाँ और वहां के बीच की तुलनात्मक परिस्थिति से उत्पन्न हुई थी.

लेकिन जीवन में हर किसी का सोचा हुआ, कहां साकार होता है? हंसते-मुस्कुराते चार साल गुज़र गए. चौबीस साल पूरे कर के पच्चीसवें साल में पाँव धरा, पर पैर अभी भी भारी न हुआ. सबकी आंखें मुझपर टिकी हुई थीं, सुखद समाचार की आशा से मेरी ओर निहारा करते, मेरी चाल पर नज़र रखते. उनकी नज़रें दिन तमाम मेरा पीछा करतीं, मुझे भी उनकी आंखों की भाषा पढ़नी आ गई. सच तो यह है कि मैं खुद भी माँ बनना चाहती थी, औलाद का सुख क्या होता है उसका लुत्फ लेना चाहती थी, अपनी ममता को अपने बच्चों पर निछावर करना चाहती थी. मेरी सभी चाहतें मन में धरी की धरी रहीं.

समय बीतने के साथ-साथ रिश्तों की वह गर्मजोशी, वह स्नेह-दुलार, आवाज़ में अपनापन न जाने कहाँ गायब होता गया, और एक अजनबीपन का अहसास मन

में घर करने लगा. सुभाष भी मुझसे कुछ खिंचा-खिंचा सा रहने लगा. मैं जैसे घर की कोई बेकार चीज़ सी बनती जा रही थी, जिसके वजूद का कोई मूल्य ही न था. हर सदस्य अपना काम भी खुद करता, मुझे आवाज़ देने की जैसे किसी को जरूरत ही न रही.

कभी सोचती कि इस बदलाव का कारण क्या हो सकता है? क्या मेरी सेवा में कोई कमी आ गई है, या कोई भूल चूक हो गई थी मुझसे? बस सोचों की भंवर में फंस कर रह गई. एक दिन दुपहर के एकांत में बड़ी भाभी के कमरे में जाकर उसकी गोद में अपना सर रख कर रोते हुए मैंने पूछा, 'भाभी आपको मेरी कसम, सच-सच बताना कि घर में बर्फ़ जैसी खामोशी क्यों छा गई है? क्यों हर कोई मुझसे किनारा करने पर तुला हुआ है?'

मेरे सर पर हाथ फेरते हुए जो कुछ भाभी ने बताया, उसे सुनकर तो मेरे होश के परिंदे भी उड़ गए. लगा जैसे जिंदगी में कोई भूचाल आया हो जिसमें मैं, सुभाष, और घर के सभी सदस्य छिटपुट से हो गए थे.

भाभी कहती रही और सुनते-सुनते मैं अपने अस्तित्व की नैया को बीच भंवर में डूबते देख रही थी. इतना बड़ा फैसला होने जा रहा था, और मेरे कानों तक भनक न पड़ी. अपने पति सुभाष पर गुस्सा आया, जिस ने शादी के समय कुछ वादे निभाने के लिए किये थे. क्या वे सब झूठे थे? क्या रिश्तों की डोर में बंधी गाँठ इतनी कच्ची है जो किसी इच्छा-पूर्ति के न होने पर आसानी से खुल जाए या मनमर्जी से खोल दी जाये?

बात खुलकर सामने आई. दूसरे दिन ही सास ने बुलाकर कहा,'बहू सुभाष की नई पत्नी आएगी तो घर हरा-भरा हो जाएगा, ख़ानदान बढ़ेगा. आखिर सुभाष के दिल में भी बाप बनने के कुछ अरमान हैं. बहुत सोचकर हमने यह फैसला यह लिया है. हम कभी भी तुम्हारा बुरा नहीं चाहेंगे, तुम घर का हिस्सा हो और रहोगी. घर

की खुशी के लिए अपना सहकार देने के लिए तैयार रहो. मालिक पर भरोसा रखो, आने वाली खुशियों से शायद तुम्हारी भी खुशी लौट आये.'

सुनकर अपने वजूद के होने और न होने का फासला जाना. मैं क्या सोचती हूँ, क्या महसूस करती हूँ, किसी को परवाह नहीं. बस एक खुशी को हासिल करने के लिए सभी को इस तरह मेरा दिल तोड़ना लाज़िमी लगा. सब कुछ सुनकर मैं सुस्त चाल, व् गीली आँखों से अपने कमरे में आई. पलंग पर बैठी तो लगा यह कमरा अब मेरा नहीं है, न मैं इस घर का हिस्सा हूँ. अगर होती तो एक बेकार बेजान हिस्सा समझ कर वे मेरी जगह किसी और को ले आने की बात न सोचते, और न मेरे जज्बात को यूं कुचलते. यह तो सौदागरों का घर है. यहां मेरे सिवाय हर किसी की इच्छा पूरी होनी चाहिए, फिर चाहे उसके लिए मुझे ही क्यों न बलि का बकरा बनना पड़े.

औरत और मर्द के वजूद का मूल्यांकन आंका जाता है. मर्द शक्ति वाला है उसकी तमन्ना पूरी हो उसके लिए दूसरी शादी कर सकता है. अगर उसमें से बच्चा न हो तो तीसरी शादी भी करेगा. पर औरत को अधिकार देने और लेने की डोर वह अपने हाथ में रखेगा. यह रिश्ते नातों का कैसा जंगल है जहां निभाने की रस्में स्वार्थ की बुनियाद पर खड़ी हैं.

मेरे तन-मन में जैसे आग लग गई. नफ़रत का अहसास मन में जागा, लगा अपनों के बीच नहीं, गैरों के बीच में पनाह पाई है. एक औरत कभी भी अपनी गृहस्थी को तोड़ना नहीं चाहती जिसे वह यत्न, प्रयत्न और प्रयास से खड़ा करती है. पर जब वहीं उसके स्वाभिमान और सम्मान के चिथड़े रोज़ उड़ने लगते हैं तो वह उसका त्याग करने पर मजबूर हो जाती है. जीवन प्रदान करना उसकी क्षमता है. हां पुरुष प्रधान समाज में हालत से मुकाबला करना कठिन ज़रूर है. यहीं औरत

अपनी बनाई दीवारों की कैदी बन जाती है. अपने भीतर के न्यायालय में स्वयं को यह निर्णय सुनाती है, कारावास का दंड भोगती है.

बस उसी वक्त मन मजबूत किया, एक कठोर फैसला लिया. शादी में मिले सोने के जेवर भी नहीं लिए. जो नई दुल्हन सुहागन बनकर इस घर में, इस कमरे में आएगी, रहेगी, सोएगी, खानदान के वारिस को जन्म देगी, सब उसी को मुबारक हो. मेरा कुछ भी नहीं है- न घर, न पति, न मान, न सम्मान. शायद बच्चा एक ठोस बुनियाद है रिश्ते कायम रखने के लिए, और इस शर्त पर मैं पूरी न उतर पायी. सूटकेस में कुछ ज़रूरी सामान लिया और बाहर आंगन में आई. सब बैठे थे. फ़क़त सास के पाँव छूते हुए कहा, 'मुझे माफ करना, मैं अब यहां नहीं रह सकूंगी. अपने घर जा रही हूँ.'

ससुराल से जुड़े सभी नाते तोड़कर चौखट लांघ कर बाहर आई, न सुभाष की ओर, न किसी और की ओर देखा. उनसे जुड़ी आशाएं, निराशाएं, उम्मीदें और ऐतमाद सब बेमतलब लगे. आगे बढ़ते क़दमों को पीछे से आती आवाजें ... रचना ... रचना ... अरे! तुम ... तुम ...'. न रोक पाईं. कदम आगे एक दिशाहीन राह पर चलते हुए भी पीछे नहीं लौटे. उस समय मैं घर की चारदीवारी के हर पहरे को तोड़कर, अपने ही बंदीगृह से भाग निकली. अनगिनत रेगिस्तान पार करते हुए, कई वीरानों से गुज़रकर एक नए क्षितिज पर जा पहुँची.

मेरी सोच में बच्चे के रोने की आवाज ने फिर ख़लल दिया, और उस दलदल से निकल कर ममता के मोह जाल में जा फंसी. दिल ने कहा - 'रचना, औरत तो सृष्टि के निर्माण की नींव होती है, ममत्व का संचार मातृत्व की उपलब्धि है. रोते

बच्चे को उठाओ, छाती से लगाओ. मातृत्व के वरदान को स्वीकार करो.' पर दिमाग़ ऐसा करने की इजाजत न देता.

'दूसरे का बच्चा तुम्हारा अपना कैसे हो सकता है?' इस स्थिति में एक इनसानियत का पैगाम देती हुई आवाज़ अंदर से उठती रही - 'रचना ... रचना ... इसको छोड़ कर न जाओ. बिन सहारे यह ज़मीन पर ही बेमौत मर जाएगा. जिसका कोई नहीं, इनसानियत के नाते उसकी मदद करना क्या कोई गुनाह है? तुम तो खुद इस दौर से गुज़री हो. अपनी बेगुनाही की सज़ा भुगत रही हो. माँ न होने की जो सज़ा तुमने ख़ुद को दी है, तुमसे बेहतर और कौन जान पायेगा? अब सच सामने है. तुम इस मासूम बच्चे को देखा-अनदेखा कैसे कर सकती हो? क्या यह वाजिब होगा, न्यायागत होगा? माँ बाद में, पहले इंसान बनो! इनसानियत की राह मत छोड़ो रचना.

मैंने नीचे झुककर बच्चे को गोद में उठाया, बाँहों के बीच समेटकर उसे छाती से लगाया, उसे प्यार किया. यूँ महसूस हुआ जैसे वह मेरा ही बच्चा है, मेरा अपना जो अपने परायों की परिधियों के पार रिश्ते-नातों की पहचान से परे-सिर्फ़ मेरा बच्चा था और मैं उसकी माँ.

आज मैं अपने आप में संपूर्ण हूँ. जीवन में नारी की संपूर्णता माँ बनने में है, जो मुझे मिली है. स्कूल में शिक्षिका की नौकरी करते हुए भी पंद्रह साल गुज़र गए हैं, बेहद सुकून परस्त जीवन गुज़ार रही हूँ. सुकून का सबब है 'प्रशांत'... मेरा बच्चा जो आज पंद्रह साल का हो गया है.

'अम्मा, स्कूल की छुट्टियां मिलेंगी तो मुझे नाना-नानी के पास ले चलोगी?'

'जरूर प्रशांत, जरूर ले चलूंगी. तुम और मैं दोनों मिलकर उनकी खूब सेवा करेंगे. अब वे बड़े बुज़ुर्ग हुए हैं. उन्हें हमारे सहारे की ज़रूरत है और हमें उनकी ...'

'हां माँ, मुझे नाना-नानी की, तुम्हारी बहुत ज़रूरत है. बड़ा होकर मैं आप सब का सहारा बनूंगा.'

सच में मुझे सहारे की ज़रूरत थी. मेहरबान कुदरत ने मुझे प्रशांत के रूप में वह सहारा देकर मेरी सूनी गोद को शादाबियाँ बख्शी, मेरा खोया हुआ आत्मविश्वास और मान-सम्मान मुझे सूद के साथ लौटाया है.

और मैं बड़ी हो गई

चंचलता और नटखटता उसकी नस-नस में बसी थी, जो जवानी की तरह उमड़-उमड़ कर अपना इज़हार किसी न किसी स्वरूप में करती, चाहे वह उसका उठना-बैठना हो, या बात करने का सलीका हो.

'अब मैं दो चोंटियाँ नहीं बना सकती, पर क्यों?'

'क्योंकि तुम बड़ी हो गई हो?'

'तो क्या बड़े होकर दो चोटियाँ करना मना है?'

'अरे मना नहीं है, पर हर इक उम्र की बदलती अवस्थाएँ होती हैं, रिश्ते बदल जाते हैं, रिश्तों के नाम बदलते हैं, और ऐसे में अपना उठन-बैठन, चाल-चलन और बर्ताव को भी तो बदलना पड़ता है कि नहीं?' माँ ने एक टूक जवाब देते हुए मिनी को चुप कराना चाहा.

'आपका मतलब है रिश्तों के नाम बदल जाने से हमें भी बदलना पड़ता है या बदलाव लाना पड़ता है?'

'अरे बाबा, तुमसे तो बात करना बहुत ही मुश्किल है मिनी. बाल की खाल निकालने लगती हो. बेटा उन ऊँच-नीच की गलियों से गुज़रने के लिये मैं तुम्हें नहीं समझाऊँगी, तो और कौन आकर तुम्हें यह दुनियादारी के सलीके बताएगा या समझाएगा?' माँ मिनी के माथे में तेल डालकर, उसके बालों को संवार रही थी और जब कभी ऐसा होता था तो मिनी को बहुत भला लगता था. पर आज माँ ये जाने कैसी उलझी बातें ले बैठी है, वह सोचने लगी.

'पर तुम ये सब बातें आज क्यों लेकर बैठी हो माँ?' मिनी ने अपना माथा खुजाते हुए कहा.

'इसलिए कि अब तुम छोटी नहीं रही. जब लड़कियाँ बड़ी हो जाती हैं, तो उन्हें औरत का नाम दिया जाता है, और औरत बदलाव चाहती है.' माँ ने उसकी आँखों में झाँकते हुए कहा.

'तुम चाहती हो कि दुनिया की सब लड़कियाँ जब औरत बन जाएँ तो वे सब कुछ भूल जाएँ, हँसना, मुस्कराना, लंगड़ी खेलना, कबड्डी-कबड्डी, तू-तू, मैं-मैं जो बचपन से लेकर आज तक वह करती रही हैं. और सब तेरी तरह बन जाएँ, दो पाटों के बीच पिसती हुई एक साधारण धान का दाना? क्या लड़की का जीवन मात्र नारी होने में नहीं है जो सहजता से उसे वरदान में मिलता है? क्या हर शादी का अंत ऐसा ही होता है? पति की सेवा, उसके माता-पिता के पाँव दबाना, उसके बच्चों को पैदा करना, उनका लालन-पालन करना, उन्हें खाना बनाकर खिलाना, स्कूल के लिये तैयार करना और उनकी जरूरत और माँगों की कशमकश में घिरे रहना, कुछ इस तरह कि अपने होने का अहसास भी याद न रहे. बस ख़ुद ही धान, ख़ुद ही चक्की बनकर चलती रहे, पिसती रहे, जैसे कोई टूटी-फूटी नाव चल रही हो महाकाल की भंवर में.'

'यह तुम क्या कह रही हो मिनी? क्या हो गया है तुझे? यह तो बाग़ी सोच है. परिवार के लिये अपना समस्त अर्पित कर देना कुरबानी नहीं, यह तो कर्तव्य होता है. वो मेरे हैं और उनका परिवार भी मेरा है.'

'यह तुम कह रही हो माँ? अब मैं छोटी नहीं हूँ जो यह भी न समझ सकूँ. तुम जिनकी बात कर रही हो, वह मेरे पिता होते हुए भी जैसे मेरे पिता नहीं है. उन्हें तो यह भी नहीं मालूम कि मैं किस कक्षा में पढ़ती हूँ. मेरा छोटा भाई किस पाठशाला में जाता है, क्या ओढ़ता है, क्या बिछाता है? बस साल में एक-दो बार जब उन्हें

होश होता है तो पूछ लेते हैं 'पढ़ाई कैसे चल रही है' और ऊपर से सुझाव देकर चलते बनते हैं - 'माँ की बात सुना और माना करो.'

मिनी अपनी उम्र की बाग़ी सोच को उड़ेलते हुए कहती रही.

माँ की चुप्पी देखते हुए मिनी ने उन्हें उकसाने की कोशिश की, वह माँ का मन टटोलना चाहती थी.

'माँ तुम तो ऐसे कह रही हो जैसे वे कभी तुम्हारी बात सुनते हैं और मानते हैं, मुझे तो लगता है उन्हें अपने नशे में और जवानी की चौखट पर बैठी उस मैत्री के ख़ुमार के सिवा कुछ याद ही नहीं रहता. क्या तुम इसे कर्तव्य कहती हो, जो फ़क़त एक तरफ़ा ही रह गया है, और जिसे निभाने के लिए तुम ख़ुद भी जीना भूल गयी हो.'

'बेटे अपने घर की लाज रखना, रखवाना नारी मात्र की जवाबदारी होती है, क्योंकि वह सब रिश्तों से बढ़कर ममत्व की रक्षा करना चाहती है. मुझे तेरी बहुत चिंता है, यह भी एक कारण है कि मैं बहस नहीं करती, बस ख़ैरख्वाही की दुआएँ माँगती रहती हूँ.'

'अपने घर को घर बनाने की ज़िम्मेदारी क्या सिर्फ़ तुम्हारी है माँ?' मिनी अब माँ को कुरेदने लगी थी.

'...'

'माँ क्या सोच रही हो?' मिनी ने भी जैसे बात की तहों तक पहुँचने की ज़िद पकड़ ली.

'मिनी, रिश्तों में अगर निभाने से ज़्यादा झेलने की बारी आ जाए, तो मुलायम रिश्ते ख़लिश देने पर उतारू हो जाते हैं. फिर भी उन चाहे-अनचाहे अहसासों के साथ जीना पड़ता है, कभी कहीं तो धक्के मारकर ज़िंदगी की गाड़ी को चलाना पड़ता है!'

'पर माँ रिश्तों में तो प्यार होता है, अपनापन होता है, जवाबदारियाँ और फ़र्ज़ होते हैं, जो सभी को बराबर-बराबर निभाने पड़ते हैं. पति-पत्नी एक दूजे के परस्पर आधार होते हैं, है न माँ?'

माँ की जुबान को अब ताले लग गये. सच ही तो कह रही है मिनी. दिखने में वह चुलबुली, पर समझ में काफ़ी सतर्क, तेज़, दुनियादारी की समझ में परिपक्वता की पैनी नज़र रखने वाली. दसवीं में पढ़ रही है पर दुनियादारी को समझते हुए भी न समझने का दिखावा करती है.

मिनी अपनी माँ की सखी है, उसकी हर आहट से उसके अंतरमन के तट को छू आती है, उसकी आँखों में छुपे हुए डर को, हर सवाल को पढ़ लेती है. मन की गहराइयों में छुपे ज़ख़्मों के छालों को कभी-कभी अपनी ऐसी ही बालपन की बातों से फोड़ आती है - ताकि माँ के दिल का दर्द ज़हर बनने के पहले आंसू बनकर बह निकले. माँ के मन के संघर्ष से वह भली-भाँति परिचित थी, उठते हुए बवंडर से भी वाक़िफ़ थी, पर कहती कुछ न थी. अपनी तरफ़ से एक अनजान दिखावे को ओढ़कर वह विचरती रहती, पर नज़र चारों ओर घूमती, उस घर की चारदीवारी के अंदर और बाहर. उसे यह भी पता रहता था कि कहाँ क्या हो रहा है. ऊँच-नीच समझने का सामर्थ्य उसमें है. बस माँ के ज़ख़्मी दिल को और चोट न पहुँचे इसलिए वह ऐसे ही सवालों से उसे टटोलती.

जब माँ के पास उन सवालों का कोई जवाब न होता तो वह घर की दहलीज़, उसकी मर्यादा के सुर का सुर आलापते हुए रोती. अपने मन में छुपे हुए भय को मिनी के साथ यह कहते हुए बाँटती - 'बेटा हर घर की एक कहानी होती है, एक मर्यादा होती है. जब एक लड़की की बेटी, दूजे घर की बहू बनकर उस घर की चौखट के भीतर पाँव धरती है तो वह लाजवंती बन जाती है.'

बस माँ को इसी घर और उसकी दहलीज की मर्यादा के सुर आलापते हुए सुनती है, पर आज बात का रुख बेरुख़-सा बनता जा रहा था. शायद माँ अपने भीतर के डर को शब्दों में ढाल पाने में असमर्थ हो रही थी.

'बेटा घर की बात घर में ही रहे तो बेहतर. मुझे तेरी भी तो चिंता लगी रहती है. साल भर में कोई अच्छा लड़का देखकर तेरी शादी कर दूँगी, तेरी कश्ती पार हो जाए, फिर मेरी नैया का जो हो सो हो. तेरा भाई तो लड़का है, ज़िंदगी के सफ़र में मर्दों को कई दिशाएँ मिलती हैं. कई मोड़ आते हैं जहाँ वे अपना मनचाहा पड़ाव डाल लेते है.'

'माँ यह छूट सिर्फ मर्दों को ही क्यों होती है, औरत को घर कि चौखट से क्यों बांधकर रखा जाता? क्या औरत उस आज़ादी की हकदार नहीं?' मिनी ने अपने मन की भड़ास सवालों में घोलने लगी

'मर्यादा के नाम पर?' मिनी के स्वर में कड़वाहट थी.

'आज़ादी के भी दायिरे होते है मिनी. मर्दों की आज़ादी को तो दुनिया गवारा कर पाती है पर औरत का एक ग़लत क़दम, उसकी मर्यादा को कलंकित कर जाता है. जिसके बाद उम्मीदों के सारे दरवाज़े अपने आप उस पर बंद होते चले जाते हैं.'

अब मिनी कुछ संजीदा होकर ग़ौर से सुनने लगी और सोचती रही कि माँ क्यों ऐसा कह रही है और कहना क्या चाह रही है? और ऐसी क्या बात है, कोई अनजाना डर है जो अंदर ही अंदर उसे खाए जा रहा है. शायद जो वह मुझसे कहना चाह रही है, उसकी जुबान भी उसका साथ देने में समर्थ नहीं है.

पिताजी ने प्रांगण के उस पार कुछ ओताक जैसा माहौल बना रक्खा है, जिसमें कुछ मदहोशी के आलम को बनाए रखने का सामान सजा हुआ था, पान का बक्सा, बीड़ियों के चन्द छल्ले, यहाँ-वहाँ बिखरी हुई माचिस की तीलियाँ, देसी दारू की भरी और खाली बोतलें, जिनकी महक से वह कमरा गंधमय होता जा रहा था. कभी-कभी माँ को लातों से मारकर पिताजी उसे इस कमरे की सफ़ाई की ताकीद करते हुए मिनी सुन तो लेती, पर वह नहीं जानती है कि माँ वह काम कब करती है? उसने खुली आँखों से कभी नहीं देखा, पर ज़रूर जानती है कि उनकी पलकों में नींद भर जाने के बाद वह काम करती रही होगी - यह है मेरी माँ. सोच के भी डर लगने लगता है कि ऐ औरत! क्या यही तेरी कहानी है? क्या कभी इन बेज़ुबान रिसते जख्मों को देखकर इनसान का दामन आँसुओं से नहीं भरता? और ऐसे कई सिलसिलों को देखकर, उन्हें महसूस करते हुए मुझे लगता रहा है जैसे माँ के साथ मैं खुद भी वह दौर जी रही हूँ - उन दरिंदों के चंगुल का शिकार बनकर, जिनमें इनसानियत का नामों-निशान दूर तक बाकी नहीं.

आज घर के आँगन को पार करते हुए दो बार मैत्री पिछवाड़े के कमरे में पिताजी के साथ बेधड़क भीतर चली गई थी और तब माँ की आँखों की उदासी और गहरी होती हुई देखी थी उसने. मिनी की पैनी नज़रों से यह सब छुपा नहीं रहता.

'माँ तुम किस सन्दर्भ में बात कर रही हो? तुमने कौन-सा डर मन में पाल लिया है मुझे बताओ, शायद मैं अपने ढंग से कुछ सोच पाऊँ और किसी सुझाव का दरवाज़ा खटखटा सकूँ. समस्या का समाधान तो निकाला जा सकता है, पर जब तक तुम कहोगी नहीं ...'

माँ कुछ कह न पाई, शायद उसे हर आहट पर एक अनचाहा डर सामने आता हुआ नज़र दिखाई देता. समाधान की संभावना ऐसे में कहाँ दिल को ढांढस बँधा पाती? शायद इस घर में रहते-रहते माँ यह जान गई थी की समाधान की जांच

पड़ताल एक घटना के गुज़र जाने के उपरांत हुआ करती है, और उसके अंतिम चरण में पहुँचने के पहले दूसरी घटना घट चुकी होती है! हल राहों में ही छल लिए जाते हैं.

'मिनी ...' और माँ आँसुओं के दरिया में डूबती हुई नज़र आई.

'माँ कहो ना क्या बात है जो तुम मुझसे चाहकर भी नहीं कह पा रही हो?

'बेटी तुम्हारे पिता तुम्हारे रिश्ते की बात कर रहे थे... और मैं जानती हूँ उन रिश्तों की नींव कितनी कमज़ोर होती है.' माँ ने कुछ झिझक भरे स्वर में धीमे से कहा. मैं सुनकर जैसे बहरी हो गई, और माँ कहती रही - 'बस कोई लड़का तलाश करके तेरे हाथ पीले करना चाहती हूँ और यह प्रार्थना करूँगी कि तू इस घर से दूर, बहुत दूर चली जा, जहाँ ये ज़हरीली हवाएँ तेरी साँसों में घुटन न पैदा कर सके!'

उसी समय चरमराती आवाज़ के साथ पुराने दरवाज़े का किवाड़ खुला और अंदर आने वालों में सबसे पहले दिखाई दिये पिताजी, उनके साथ मुँह में पान दबाये, इठलाती, कमर लचकाती, मुस्कराती मैत्री और साथ में एक नवयुवक का नया चहरा नज़र आया, जो अपनी भूखी नज़रों से मुझ पर नज़र डालता हुआ आँगन से गुज़रकर उस पार वाले कमरे में चला गया.

पर आज जो हुआ वह पहले कभी नहीं हुआ. और जो गुज़रा वह हादसा था. इस हादसे के गुज़र जाने के बाद लग रहा है मैं बड़ी हो गई हूँ! वहीं उसी चौखट पर मेरा बचपन लुट गया, मासूमियत लुट गई, बस वह खिलखिलाना, वह नटखटता और चुलबुलाहट उस हैवानियत के आगे घुटने टेक कर रह गई. शायद अमानुष बनना ज़्यादा आसान है. मनुष्य तो बस क़ीमत चुकाने के लिये होता है!

लेखिका देवी नागरानी का परिचय

देवी नागरानी

जन्मः ११ मई, १९४१, कराची (तब भारत)

माता-पिता का नाम - किशिनचंद ललवाणी व हरी बाई लालवाणी

शिक्षा - बी.ए., अर्ली चाइल्ड, व गणित में विशेष डिग्री, न्यूजर्सी से.

मातृभाषा - सिंधी, भाषाज्ञान - हिन्दी, सिन्धी, गुरमुखी, उर्दू, तेलुगू, मराठी, अँग्रेजी

सम्प्रति - शिक्षिका, न्यू जर्सी. यू.एस.ए (सेवानिवृत)

प्रकाशित सिन्धी संग्रह - ग़म में भीगी ख़ुशी (ग़ज़ल-2007), उड़ जा पंछी (भजनावली-2007), आस की शमा (ग़ज़ल-2008), सिंध जी आऊँ जाई आह्याँ (कराची-2009), ग़ज़ल (ग़ज़ल -2012), माँ कहिं जो बि नाहियाँ (कहानी-2016), भित धुडी वई (कहानी-प्रेस), किताबी समालोचनाएं (प्रेस)

हिन्दी संग्रह - चराग़े-दिल (ग़ज़ल-2007), दिल से दिल तक (ग़ज़ल-2008), लौ दर्दे-दिल की (ग़ज़ल-2008), भजन-महिमा (भजनावली-2012), ऐसा भी होता है (कहानी -2016), सहन-ए-दिल (ग़ज़ल-2017), गंगा निरंतर बहती रही (लघुकथा-2017), माँ ने कहा था (काव्य:2017)

अनुवाद: हिन्दी से सिन्धी –

बारिश की दुआ (कहानी संग्रह-2012), अपनी धरती (कहानी संग्रह-2013), रूहानी राह जा पांधीअड़ा (काव्य-2014), बर्फ़ जी गरमाइश (लघुकथा-2014), आमने- सामने (काव्य का हिन्दी-सिंधी अनुवाद-2016), आँख ये धन्य है (नरेंद्र मोदी काव्य- 2017)

चौथी कूट (वरियम कारा का कहानी संग्रह-प्रकाशन-साहित्य अकादमी)

सिन्धी से हिन्दी अनुवाद:

और मैं बड़ी हो गयी (कहानी-2012), पन्द्रह सिन्धी कहानियाँ (कहानी-2014), सिन्धी कहानियाँ (कहानी-2014), सरहदों की कहानियाँ (कहानी-2015), अपने ही घर में (कहानी-2016), दर्द की एक गाथा (कहानी 2016), एक थका हुआ सच (अतिया दाऊद काव्य - 2016), तड़ी-पार व् अन्य कहानियाँ (विभाजन की-2017), कविता की पगडंडियां (काव्य-2017), अहसास के दरीचे (प्रांतीय-विदेशी कहानियाँ-प्रेस)

रूमी–मसनवी (अंग्रेजी से हिंदी-प्रेस)

अन्य अनुवाद:

सफ़र- (अङ्ग्रेज़ी काव्य का हिन्दी सिंधी अनुवाद--ध्रु तनवाणी-2016)

सिन्धी कथा (सिन्धी कहानी का मराठी अनुवाद- डॉ. विध्या केशव चिट्को-2016)

कई कहानियाँ तेलुगु, तमिल, पंजाबी व् अंग्रेजी में अनुवाद हुई हैं.

सम्मान-पुरस्कार :

अंतराष्ट्रीय हिंदी समिति, शिक्षायतन व विध्याधाम संस्था NY -काव्य रत्न सम्मान, काव्य मणि- सम्मान- 'Proclamation Honor Award-Mayor of NJ, सृजन-श्री सम्मान, रायपुर -2008, काव्योत्सव सम्मान, मुंबई -2008, 'सर्व भारतीय भाषा सम्मेलन' में सम्मान, मुंबई -2008, राष्ट्रीय सिंधी भाषा विकास परिषद–पुरस्कार-2009, 'ख़ुशदिलान-ए-जोधपुर' सम्मान-2010, हिंदी साहित्य सेवी सम्मान-भारतीय-नार्वेजीयन सूचना एवं सांस्कृतिक फोरम, ओस्लो-2011, मध्य प्रदेश तुलसी साहित्य अकादेमी सम्मान-2011, जीवन ज्योति पुरुसकार, गणतन्त्र दिवस-मुंबई-2012, साहित्य सेतु सम्मान -तमिलनाडू हिन्दी अकादमी-2013, सैयद अमीर अली मीर पुरुस्कार- मध्य प्रदेश राष्ट्रभाषा प्रचार समिति-2013, डॉ. अमृता प्रीतम लिट्ररी नेशनल अवार्ड, नागपुर-2014, साहित्य शिरोमणि सम्मान-कर्नाटक विश्वविध्यालय, धारवाड़-2014, विश्व हिन्दी सेवा सम्मान-अखिल भारतीय मंचीय कवि पीठ,यू.पी-2014, भाषांतर शिल्पी सारस्वत सम्मान-भारतीय वाङ्मय पीठ-कोलकता-जनवरी 2015, हिन्दी सेवी सम्मान –अस्माबी कॉलेज, त्रिशूर-केरल- सितंबर 2015, हिंदी गौरव सम्मान-साठे कॉलेज, मुंबई-मार्च 2017, 'प्रवासी साहित्यकार सम्मान ' विश्वभाषा साहित्य और रामकथा-अन्तराष्ट्रीय संगोष्ठी प. दीनदयाल महाविश्वविध्यालय, सागर (म.प.) april २०१७

Devi Nangrani, 323 Harmon cove towers , Secaucus, NJ 07094, dnangrani@gmail.com